ऑप्शन ट्रेडिंग
से
पैसों का पेड़ लगाएँ

Investment व शेयर मार्केट की बैस्टसैलर पुस्तकें

ऑप्शन ट्रेडिंग से पैसों का पेड़ लगाएँ

महेश चंद्र कौशिक

प्रभात प्रकाशन

प्रकाशक
प्रभात प्रकाशन प्रा. लि.
4/19 आसफ अली रोड, नई दिल्ली–110002
फोन : 011–23289777 • हेल्पलाइन नं. : 7827007777
इ–मेल : prabhatbooks@gmail.com ❖ वेब ठिकाना : www.prabhatbooks.com

संस्करण
2024

पेपरबैक मूल्य
तीन सौ पचास रुपए

मुद्रक
आर टेक ऑफसेट प्रिंटर्स, दिल्ली

OPTION TRADING SE PAISON KA PED KAISE LAGAYEN
by Shri Mahesh Chander Kaushik

Published by **PRABHAT PRAKASHAN PVT. LTD.**
4/19 Asaf Ali Road, New Delhi-110002
ISBN 978-93-90378-93-7

₹ 350.00 (PB)

प्रस्तावना

मेरे प्रिय पाठको,

आप सबको मेरा सादर नमस्कार।

शेयर बाजार पर लिखी हुई मेरी पाँचवीं पुस्तक आपके हाथों में है। मेरी पहली तीन पुस्तकें शेयर बाजार में छोटे निवेशकों को ध्यान में रखकर निवेश के नजरिए से लिखी गईं और चौथी पुस्तक 'स्टॉक मार्केट में सफल होने के 41 टिप्स' को आपने इतना प्यार दिया कि इस पुस्तक को शेयर मार्केट की बेस्ट सेलर बुक बना दिया।

आप में से जिन पाठकों ने मेरी निवेश पर लिखी हुई चारों पुस्तकों में से कोई भी पुस्तक पढ़ी है, वे जानते हैं कि मैं जटिल विषयों को सरलता से समझाना पसंद करता हूँ। इसी तथ्य को ध्यान में रखकर यह पुस्तक भी उपन्यास की तरह कहानी के फॉर्मेट में लिखी गई है, ताकि आप इसको पढ़ते समय कहीं भी बोरियत महसूस न करें।

दरअसल, मैं कोई बहुत बड़ा लेखक या निवेशक नहीं हूँ। मैं भी आप ही की तरह एक आम आदमी हूँ। वर्ष 2005 से मैंने शेयर बाजार में निवेश करना प्रारंभ किया, जिससे मैं अपने शेयर बाजार के अनुभवों के आधार पर आपको शेयर बाजार की सलाह देता हूँ। मेरे ब्लॉग पर आपका विश्वास व प्यार बढ़ता गया और आप ही ने मुझे लेखक बना दिया है।

मेरी पिछली पुस्तकों को आपका जो प्यार मिला, मेरे यू-ट्यूब चैनल को आपका जो समर्थन मिला, उससे मैं अभिभूत हो गया हूँ तथा आप पाठकों

की माँग पर 'ऑप्शन ट्रेडिंग' के बारे में यह पुस्तक लिखने पर मेरी कलम मजबूर हो गई।

मैं आशा करता हूँ कि आप इस पुस्तक को पूरे मनोयोग से तथा पूरे ध्यान से पढ़कर ऑप्शन ट्रेडिंग से शेयर बाजार में दौलत कमा सकेंगे; परंतु फिर भी एक बात का अवश्य ही ध्यान रखें कि शेयर बाजार में ट्रेडिंग करना एक विज्ञान नहीं है। शेयर बाजार में ट्रेडिंग एक कला है और यदि एक कला सीखनी हो तो वह अभ्यास की माँग करती है। इसलिए आप जितनी लगन और मेहनत से परीक्षा पास करने के लिए पाठ्य पुस्तकों को पढ़ते थे, उसी मेहनत व लगन से इस पुस्तक को भी पढ़ने की आवश्यकता है।

मैं आशा करता हूँ कि आप इस पुस्तक की सहायता से सफल ऑप्शन ट्रेडर बन सकेंगे तथा घीसू भाई से भी ज्यादा सफल ट्रेडर बनकर मुझे अपनी सफलता इ-मेल mahesh2073@yahoo.com पर अवश्य शेयर करेंगे।

अब समय है आभार व्यक्त करने का। मैं इस पुस्तक के सफल लेखन के लिए सबसे पहले उस परमपिता परमेश्वर का आभारी हूँ, जिसे आप गॉड, अल्ला, वाहेगुरु या भगवान्—किसी भी नाम से जानते होंगे, पर सारा संसार उसी की शक्ति से व्याप्त है। वह ही सुप्रीम पावर है। उसी ने मेरा चयन छोटे निवेशकों को शेयर बाजार की शिक्षा देने के लिए किया है। यह सोचकर कि मैं अपनी सभी पुस्तकों की तरह यह पुस्तक भी अनंत कोटि ब्रह्मांडों के नायक उस सुपर पावर को समर्पित करता हूँ।

फिर मैं आभारी हूँ अपने गुरुदेव परम पूज्य श्री श्री 1008 सत्यनारायणजी फलाहारी महाराज सरतानेश्वर मंदिर का, जिन्होंने अपने आध्यात्मिक संरक्षण से मेरे जीवन की नाव को अनेक बार नई दिशा प्रदान की है।

मैं अपनी पत्नी श्रीमती सीमा कौशिक का आभारी हूँ, जिसका यू-ट्यूब पर 'सीमा की रसोई' नाम से कुकिंग चैनल भी है। उसने कभी भी मुझे शेयर बाजार में रिस्क लेने से नहीं रोका। ऑप्शन ट्रेडिंग पर सफल विधि का आविष्कार करने से पहले मैंने अनेक बार उसके खाते से प्रैक्टिकल में विधियों को आजमा-आजमाकर देखा तथा अंतिम विधि तक पहुँचने से पहले मैंने

कई बार उसकी रकमों को डुबो दिया, पर वह हमेशा मुझे प्रोत्साहित करती रही कि 'यह तो सीखने की प्रक्रिया का एक चरण है। आप जरूर एक दिन ऑप्शन की सही विधि को तलाश कर लेंगे, जिससे लाखों लोगों का भला होगा। इसलिए आप इस रकम को लाखों लोगों के हित के लिए गँवा रहे हैं।' उसकी ऊर्जा व सहयोग के बगैर मेरे द्वारा यह पुस्तक लिखना असंभव था।

अंत में, आप सभी पाठकों के साथ मेरे यू-ट्यूब चैनल के एक लाख फॉलोअर्स का आभार, जिन्होंने सदैव अपने कमेंट्स से मुझमें विश्वास व प्यार जताया, जिससे आज मैं आम निवेशक से शेयर मार्केट का बेस्ट सेलर लेखक बन सका। भगवान् सभी का भला करे··· !

सादर

—महेश चंद्र कैशिक

सहायक राजस्व लेखाधिकारी
कार्यालय जिला कलेक्टर, सिरोही
राजस्थान

पंजीकृत कार्यालय
महेश चंद्र कौशिक, रिसर्च एनालिस्ट,
जे.जे. कॉलोनी, पिंडवाड़ा-307022
जिला सिरोही, राजस्थान

अस्वीकरण

शेयर बाजार में निवेश एवं ट्रेडिंग हमेशा रिस्की व मार्केट जोखिम के अधीन होती है। मैंने इस पुस्तक में अपने विवेक से बेहतरीन जानकारी देने का प्रयास किया है; परंतु आप इन विधियों को इस्तेमाल करने से पूर्व अपनी जोखिम लेने की क्षमता व रिस्क का आकलन जरूर करें।

मैं महेश चंद्र कौशिक इस पुस्तक के आधार पर हुए किसी भी नुकसान के लिए उतरदायी नहीं रहूँगा।

इस पुस्तक में किसी भी लिस्टेड कंपनी, ई.टी.एफ. या ब्रोकर फर्म का नाम उदाहरण के तौर पर समझाने के लिए लिया गया है तो यह समझा जाए कि वह उस कंपनी या ब्रोकर या ई.टी.एफ. के बारे में मेरी अनुशंसा नहीं है तथा उनसे मेरा कोई व्यावसायिक संबंध नहीं है; परंतु इन सभी कंपनियों व ई.टी.एफ. आदि में मेरा व मेरी पत्नी का निवेश हो सकता है।

इस पुस्तक में वर्णित सभी नाम, सभी घटनाएँ काल्पनिक हैं और जटिल विषय को सरलता से समझाने के लिए बनाई गई हैं; फिर भी किसी वास्तविक नाम या व्यक्ति आदि से इनका मिलान हो जाए तो इसको मात्र संयोग ही समझा जाए।

अनुक्रम

1

घीसू भाई का परिचय

घीसू भाई चामुंडा माता आइसक्रीम पार्लर में वेटर का काम करते थे। यह एक फेमस आइसक्रीम पार्लर था, जिसमें ग्राहकों से ऑर्डर लेना, उनकी टेबल तक आइसक्रीम पहुँचाना और आइसक्रीम खा लिये जाने के बाद आइसक्रीम के खाली कप, पेपर या प्लेटों को वापस डस्टबिन एवं वॉश-बेसिन तक पहुँचाना उनके जॉब का हिस्सा था।

दुर्भाग्य से, इस आइसक्रीम पार्लर के पास में ही महेश कौशिक, रिसर्च एनालिस्ट (मैं, इस पुस्तक का लेखक) का घर था।

इसे 'दुर्भाग्य', इसलिए कहा गया है कि शेयर बाजार में निवेश एक कोरोना या कोविड-19 जैसी संक्रामक बीमारी है। जब आपका कोई साथी शेयर बाजार में निवेश करके पैसे कमा रहा है, ऐसा आपको दिखाई देने लगता है, तो आप भी इस शेयर बाजार की बीमारी की चपेट में आ सकते हैं।

यह बीमारी बहुत खतरनाक है। यदि आपका कोई मित्र, पड़ोसी या आपका कोई दुश्मन शेयर बाजार में पैसे कमाने की बजाय बरबाद भी हो जाता है, तो भी आप इस बीमारी की चपेट में यह कहते हुए आ जाते हैं कि वह तो दुर्भाग्यशाली था, बेवकूफ था, समझदारी से ट्रेड नहीं करता था। मैं उसके जैसा नहीं हूँ। मैं बहुत होशियार हूँ, इसलिए मैं कमा लूँगा।

इसी प्रकार, जब भी चंदू-चिंकी (मेरी पिछली पुस्तक '**शेयर बाजार में चंदू ने कैसे कमाया और चिंकी ने कैसे गँवाया!**' के अनुसार, चंदू शेयर बाजार में मेरा काल्पनिक शिष्य है तथा वह मेरे अनुसार निवेश करता है और

चिंकी उनकी पत्नी है), जो मेरे घर पर मिलने आते तो वो चामुंडा आइसक्रीम पार्लर में आइसक्रीम खाने भी जाते। वहाँ पर घीसू भाई उनकी बातें चुपके-चुपके सुनकर उनमें से ऐसी शेयरों की टिप्स निकालने की कोशिश करते, जिनसे कि उनको अप्रत्याशित आमदनी हो सके।

चूँकि अधूरा ज्ञान खतरनाक होता है, इसलिए इन सुनी-सुनाई टिप्स से किए गए निवेश से घीसू भाई को कभी घाटा तो कभी मुनाफा होता रहता था। कुल मिलाकर, गाड़ी वहीं-की-वहीं खड़ी रहती थी।

परंतु जब घीसू भाई ने ये देखा कि शेयरों में निवेश करते-करते चंदू के ड्राइवर मो. अब्दुल अजीज साहब भी करोड़पति बन गए हैं तो वह चकरा गए। एक दिन जब अब्दुल अजीज अपने शहजादे मो. करीम व बेगम के साथ आइसक्रीम खाने आ गए तो घीसू भाई खुश हो गए कि आज इनसे उस शेयर की टिप ले लेंगे, जिससे करोड़पति बना जा सकता है। बस, फिर क्या था, घीसू भाई ने उनकी टेबल पर कस के कपड़ा मारा (टेबल अच्छी तरह साफ की) तथा फटाफट ऑर्डर सप्लाई किया। जब जाते समय अब्दुल अजीज भाई टिप देने लगे तो घीसू भाई हाथ जोड़कर बोले, "चाचा, मुझे आपसे टिप नहीं चाहिए। आपने कम समय में इतनी तरक्की कर ली, इसलिए नकद राशि टिप में न देकर आप आजकल कौन-सा शेयर खरीदते हैं, वह आप मुझे टिप में बताओ?" अब्दुल थोड़ा जल्दी में था। कार में बैठते-बैठते बोला, "मैं तो आजकल सिर्फ ऑप्शन में ट्रेड करता हूँ।"

बस, घीसू भाई ने नाम रट लिया—ऑप्शन...ऑप्शन...ऑप्शन...

अगले दिन अपने ब्रोकर को फोन कर दिया, "देखो, मेरे खाते में कितने पैसे हैं?"

"लगभग 26,150 रुपए।"

"न्यूनतम बैलेंस 1,000 रखकर सबके ऑप्शन कंपनी के शेयर ले लो।" घीसू भाई ने अपने ब्रोकर को आदेश दिया।

आदेश सुनकर ब्रोकर का सिर चकरा गया। ब्रोकर ने घीसू भाई को बताया कि 'ऑप्शन' नाम की कोई कंपनी नहीं होती है, ऑप्शन तो एक

प्रकार का कॉण्ट्रेक्ट (संविदा) है, जिसमें दो व्यक्तियों के बीच एक निर्धारित मूल्य पर शेयर बेचने या खरीदने का सौदा होता है।

अब चकराने की बारी घीसू भाई की थी। उन्होंने सोचा कि यह ऑप्शन क्या नई बला है? इसके लिए उन्होंने तुरंत दिमाग दौड़ाया और…बस, उनको एक मुफ्त सहायता देनेवाला सलाहकार ध्यान आ गया।

उन्होंने पार्लर संचालक से एक घंटे की छुट्टी माँगी और पाँच आइसक्रीम के कोन बढ़िया केसर पिस्तावाले पैक करवाए तथा मेरे घर पर आकर मेरे घर की डोरबेल बजा दी।

मैं घीसू भाई को देखकर चकरा गया कि आज बगैर बुलाए घीसू भाई कैसे आ गए? कहीं यह उधार माँगने तो नहीं आए, जिससे मैं सबसे ज्यादा डरता हूँ?

घीसू भाई बोले, "साहब, नमस्कार। आज संडे है, इसलिए आपके लिए आइसक्रीम के कोन लाया हूँ।"

"पर भाई, मैंने तो आइसक्रीम मँगवाई ही नहीं।"

"मँगवाई नहीं साहब, ये तो मैं गिफ्ट में लाया हूँ।"

"पर मैं तो आइसक्रीम खाता ही नहीं।"

"कोई बात नहीं साहब, भाभीजी और बच्चे खाएँगे। आप लोग पाँच सदस्य हैं, इसलिए पाँच कोन लाया हूँ। आज आप भी खाना मेरी तरफ से।"

"पर आज ऐसी क्या खुशी की बात है? आज आपने यह कृपा क्यों की है?"

"बस, साहब, आप इतने अच्छे हैं, सबको मुफ्त सलाह देते हैं। हमारा भी तो कोई फर्ज बनता है या नहीं!"

अब सबकुछ मेरे समझ में आ गया कि घीसू भाई को शेयर बाजार से पैसे कमाने हैं, इसलिए ये कोई टिप माँगने आ गए। अब छुट्टी को भी आराम से जीने नहीं देंगे। रोज दिमाग चाटा करेंगे, इसलिए मैंने कहा, "देखो घीसू भाई, मैं आपको कोई टिप्स नहीं दूँगा और आपको शेयर खरीदने हैं तो मेरे ब्लॉग पढ़ो और मेरा यू-ट्यूब चैनल देखते रहो तथा मेरी बताई गई विधि से

थोड़ा-थोड़ा निवेश करो।"

"सर, मैं वादा करता हूँ, मैं कोई टिप नहीं माँग रहा। आप तो कृपा करके ऑप्शन कंपनी का बी.एस.ई. या एन.एस.ई. कोड बता दो, क्योंकि मुझे ऑप्शन कंपनी के शेयर खरीदने हैं, क्योंकि मेरे ब्रोकर का कहना है कि इस नाम का कोई शेयर नहीं है।"

अब मेरे समझ में आया कि घीसू भाई को किसी ने ऑप्शन में ट्रेड करने की सलाह दे दी है, वह इसे शेयर समझ बैठे हैं।

सारा माजरा समझ आने पर मैंने घीसू भाई को आइसक्रीम लाने के लिए धन्यवाद दिया और आइसक्रीम के कोन अपने बेटे को देकर उन्हें फ्रिज में रखने को कहा।

घीसू भाई को ससम्मान बैठाकर मैंने समझाया कि आपका ब्रोकर सही कह रहा है। वास्तव में ऑप्शन नाम का कोई शेयर नहीं होता। ऑप्शन तो शेयर मार्केट में सेगमेंट है। जैसे शेयरों में ट्रेड होता है, वैसे ही शेयरों के व्युत्पन्न (डेरिवेटिव्स) में भी ट्रेड होता है, जिन्हें ट्रेडर 'फ्यूचर एंड ऑप्शन' (एफ एंड ओ) या 'डेरिवेटिव ट्रेडिंग' कहते हैं।

घीसू भाई बोले, "सर, मुझे यह ऑप्शन ट्रेडिंग सीखनी है।"

मैंने कहा, "घीसू भाई, मुझे आप जैसे शिष्यों से बहुत डर लगता है, क्योंकि आप शेयर बाजार में जिन सिद्धांतों से काम करते हो, वह मुझे पसंद नहीं है। जैसे आप गिरते हुए शेयरों में निवेश करते हो, फिर छह-छह सालों तक उसमें फँसे रहते हो तथा अपने ईगो को सही साबित करने के लिए गिरते हुए शेयर को एवरेज भी करते हैं। ये सब दिखाते हैं कि आप में अच्छे ट्रेडर के गुण नहीं हैं। आपको फ्यूचर एंड ऑप्शन सिखाने पर आप खुद भी डूब जाएँगे और मेरी भी जग-हँसाई करवा देंगे।"

घीसू भाई की आँखें डबडबा गई, वह बोले, "सर, मैंने तो सुना था कि आप शेयर बाजार में छोटे निवेशकों की निस्स्वार्थ भाव से मदद करनेवाले आदमी हैं! आपके वीडियो भी मैं कभी-कभी यू-ट्यूब पर देखता हूँ तो मुझे बहुत अपनापन व आत्मीयता लगती है। आपने चंदू व अब्दुल अजीज को

शेयर बाजार में सफल निवेशक बना दिया। अब आप मुझे निराश करके लौटाना चाहते हैं तो कोई बात नहीं…"

घीसू भाई की आँखों में पानी देखकर मेरा भी कलेजा मुँह को आ गया। मैंने उनको खरी-खरी सुनाने के लिए तुरंत माफी माँगी तथा उनसे कहा, "अरे घीसू भाई, आप मेरे अपने ही हो। मैं आपसे भी उतना ही निस्स्वार्थ प्रेम करता हूँ, जितना अपने परिवार के सदस्यों से या फॉलोवर्स से प्रेम करता हूँ। यहाँ तक कि मैं तो यू-ट्यूब व ब्लॉग के कमेंट्स में मुझे गालियाँ देनेवाले नए ट्रेडरों से भी प्रेम करता हूँ।"

जी हाँ, यह सत्य है, ब्लॉग व यू-ट्यूब पर कमेंट्स करनेवालों में से जो लोग गालियाँ कभी-कभी निकाल जाते हैं, मैं उनसे चिढ़ता नहीं हूँ। मैं उनसे भी प्रेम करता हूँ, क्योंकि मैं समझता हूँ कि ट्रेडिंग व निवेश में जिस मैच्योरिटी की मैं अपेक्षा करता हूँ, शायद उनमें वह मैच्योरिटी नहीं है, इसलिए वह अपशब्द भी लिख सकते हैं।

मेरे शब्दों से घीसू भाई को कुछ सांत्वना मिली, वह बोले, "तो सिखाइए मुझे ऑप्शन ट्रेडिंग।"

मैंने कहा, "पर मेरी कुछ शर्तें हैं, वो आपको माननी पड़ेंगी।"

"मैं हर शर्त मानने को तैयार हूँ।"

पहली शर्त यह है कि "आप मुझे बार-बार फोन करके फोन पर सीखने का प्रयास नहीं करेंगे। मैं आपको सिर्फ रविवार को एक घंटा समय सीखने के लिए दूँगा।"

"मुझे मंजूर है।' घीसू भाई बोले।

"दूसरी शर्त यह है कि यह आप सीखते ही हाथोहाथ ऑप्शन बाजार में कूद नहीं पड़ेंगे, पहले एक महीना पेपर ट्रेड जरूर करेंगे।"

"पेपर ट्रेड क्या होता है ?"

"पेपर ट्रेड का अर्थ है—काल्पनिक रूप से कागज पर ट्रेड करना।"

"ओके, मुझे ये शर्त भी मंजूर है।"

"मैं सिखाने के साथ-साथ आपको स्कूली बच्चों की तरह होमवर्क भी

दूँगा। आप जिस भी रविवार को आएँगे, पिछला होमवर्क पूरा करके लाएँगे, तो ही मैं आपको आगे सिखाऊँगा, अन्यथा नहीं।"

"ओके, मुझे ये शर्त भी मंजूर है।"

"शाबाश! तो फिर आप अगले रविवार को 10 बजे पधारिए। मैं आपको ऑप्शन से पैसे कमाना सिखा दूँगा।"

यह कहकर मैंने घीसू भाई को अपने घर से विदा किया।

इस अध्याय से हमने क्या सीखा?

1. डेरिवेटिव मार्केट का अर्थ है—शेयर मार्केट का एक भाग, जिसमें शेयरों से व्युत्पन्न कॉण्ट्रेक्ट का ट्रेड होता है, अर्थात् इससे सीधे शेयर या इंडेक्स खरीदने-बेचने के स्थान पर इन पर आधारित कॉण्ट्रेक्ट खरीदे-बेचे जाते हैं।
2. मार्केट के डेरिवेटिव सेगमेंट को 'फ्यूचर एंड ऑप्शन' या 'एफ एंड ओ' कहते हैं।
3. ऑप्शन ट्रेडिंग सीखने के लिए होमवर्क करना जरूरी है तथा ऑप्शन से पैसे कमाने के लिए इस पुस्तक में बताई गई रणनीति का कम-से-कम एक महीना काल्पनिक अभ्यास करना अनिवार्य शर्त है।

□

2

ऑप्शन ट्रेडिंग की प्रारंभिक जानकारी

अगले रविवार को घीसू भाई आए तो मैंने उनको ऑप्शन ट्रेडिंग का क ख ग पढ़ाना प्रारंभ किया।

"घीसू भाई, तुम्हारे चामुंडा आइसक्रीम पार्लर में इस समय कितने रुपए की आइसक्रीम मौजूद होगी?"

"सर, हमारे सेठ लगभग सभी ब्रांडेड आइसक्रीम में सभी वेरिएशन रखते हैं। हमारी पार्लर में बहुत से डीप फ्रिज व टेबल हैं, इसलिए हर वक्त हमारे पार्लर में कम-से-कम 10 लाख की आइसक्रीम मौजूद रहती है।"

"तो आपके सेठजी 10 लाख रुपए नकद देकर ये आइसक्रीम लाए होंगे?"

"नहीं, वो व्यापारी को 10 प्रतिशत अग्रिम देकर आइसक्रीम उधार में लाते हैं। अंतिम भुगतान तो 1 से 2 महीने बाद ही करते हैं।"

"इसलिए 10 लाख के माल के पीछे सेठजी की नकद पूँजी तो 1 लाख ही ब्लॉक हुई होगी, अर्थात् यदि सेठजी इन आइसक्रीम पर यदि 20 प्रतिशत मुनाफा कमाते हैं तो उनको 10 लाख का 20 प्रतिशत, अर्थात् 2 लाख रुपए मुनाफा होता है। राइट?"

"हाँ, सही है।"

"इसका मतलब उन्होंने जो 1 लाख की पूँजी लगाई, उस पर 2 लाख का रिटर्न, अर्थात् 200 प्रतिशत मुनाफा हुआ।"

अब तक घीसू भाई पक करके बोर हो गए थे। वह बोले, "सर, आप

अपने वादे से मुकर रहे हैं। मैं यहाँ ऑप्शन ट्रेडिंग सीखने आया हूँ, पर आप आइसक्रीम के व्यापार में 200 प्रतिशत का मुनाफा बताकर मुझे यह सलाह देना चाहते हैं कि मैं अपना खुद का आइसक्रीम पार्लर खोल दूँ।"

मैं हँसा—"नहीं, भाई, मैं तो ऑप्शन ट्रेडिंग का प्रारंभिक भाग **पावर ऑफ लीवरेज** आपके गले में उतार रहा हूँ।"

पावर ऑफ लीवरेज का अर्थ है—'उधार की शक्ति', अर्थात् कम पूँजी लगाकर उस पूँजी से दस गुना बड़ा व्यापार करने की शक्ति लीवरेज की शक्ति है। मान लो अभी जब एक X कंपनी के शेयर 410 पर ट्रेड कर रहे हैं, तब तुम्हें X कंपनी के 2,000 शेयर खरीदने के लिए कितनी पूँजी की आवश्यकता है ?"

"410 गुणा 2,000, अर्थात् 8,20,000 रुपए की।"

"बिल्कुल सही, अब आप X कंपनी के प्राइस 40 रुपए बढ़ जाने पर बेच देते हैं तो आपको 80,000 रुपए का मुनाफा होगा, जो आपकी लगाई गई पूँजी का 10 प्रतिशत के लगभग है।

"परंतु ऑप्शन ट्रेडिंग में 2,000 शेयरों की स्थिति के लिए आप लगभग 20 रुपए प्रति शेयर प्रीमियम देकर (प्रीमियम परिवर्तनशील है। जैसे-जैसे आप पुस्तक पढ़ते जाएँगे, वैसे-वैसे आपको सबकुछ समझ में आने लगेगा) कुल 40,000 रुपए में 2,000 शेयरों की स्थिति का सौदा कर सकते हैं।

"अब यदि शेयर का मूल्य 40 रुपए रुपए बढ़ जाता है तो आपको सेटलमेंट के दिन (घबराइए नहीं। जैसे-जैसे आप आगे बढ़ेंगे, सेटलमेंट का दिन क्या होता है, समझ जाएँगे) 2,000 शेयरों पर 40 प्रति शेयर के हिसाब से 80,000 रुपए मिल जाएँगे।

अपडेट—पुस्तक का यह भाग वर्ष 2017 में लिखा गया था। उस समय ऑप्शन के सौदे कैश में सेटल होते थे। वर्तमान में सेबी ने नियम बदल दिए हैं। अब वर्ष 2020 में सिर्फ इंडेक्स जैसे निफ्टी या बैंक निफ्टी के सौदे ही कैश में सेटल होते हैं। बाकी शेयरों के सौदे फिजिकल डिलीवरी से सेटल होते हैं, अर्थात् आपको या तो

एक्सपायरी के कुछ घंटे पहले खुद अपना ऑप्शन कॉण्ट्रैक्ट बेचना पड़ेगा, नहीं तो आपने अगर कॉल खरीद रखी है तथा कॉल यदि इन द मनी है, तो इन शेयरों की फिजिकल डिलीवरी आपके डीमैट एकाउंट में लेनी होगी।

"यदि इससे आपका वास्तविक मुनाफा 40,000 ही होगा, क्योंकि आपने ये पोजिशन खरीदने के लिए 40,000 प्रीमियम दिया था, पर ये मुनाफा आपकी लगाई गई पूँजी का 100 प्रतिशत है। इस प्रकार मैं आपको यह सिखाना चाहता हूँ कि लीवरेज की शक्ति का इस्तेमाल करके आप कैश मार्केट की तुलना में दस गुना तक ज्यादा मुनाफा कमा सकते हैं।"

घीसू भाई बोले, "पर भाव कम हो गया तो?"

"तो आपका पूरा प्रीमियम 40,000 रुपए चला जाएगा, अर्थात् 40,000 का नुकसान हो जाएगा।"

"बाप रे, ये तो बहुत खतरनाक है! मुझे नहीं सीखनी ऑप्शन ट्रेडिंग। आपको शायद पता नहीं है, मैं कभी नुकसान बुक नहीं करता। पिछले दस वर्षों से मार्केट में हूँ। कभी 1 रुपए का घाटा भी नहीं खाया। मेरा शेयर कभी गिर भी जाता है, तो भी मैं उसको 3 साल या 5 साल होल्ड रखता हूँ, पर 3-4-5 साल में कभी-न-कभी 100-150 रुपए कमाकर ही बाहर निकलता हूँ।"

मैंने घीसू भाई को समझाया कि यही तो कारण है कि आप पिछले दस वर्ष से शेयर बाजार से कुछ नहीं कमा सके।

यदि आप ऑप्शन में समझदारी से निवेश करते हैं तो शेयरों में निवेश करने से ज्यादा सुरक्षित तरीका है।

ऑप्शन में निवेश यदि सही तरीके से किया जाए (जिसकी पूरी विधि इस पुस्तक में आगे बताई जाएगी, अतः आपको मेरी सलाह है कि आप पुस्तक को पूरा पढ़े बगैर कोई भी शंका न करें।) तो ऑप्शन में निवेश करना कैश बाजार में शेयर खरीदकर होल्ड करने से ज्यादा सुरक्षित है। साथ ही ऑप्शन में निवेश फ्यूचर के कॉण्ट्रैक्ट खरीदने से भी ज्यादा सुरक्षित है।"

"पर सर, अभी आपने ही कहा, इसमें मेरा पूरा प्रीमियम 40,000 रुपए चला जाएगा। फिर ये सुरक्षित कैसे हुआ?"

"घीसू भाई, यह जानने से पहले तुम्हें ऑप्शन की प्रारंभिक जानकारी दे दूँ, तब यह बात तुम्हें आगे समझ में आ सकेगी।"

"ठीक है।"

"ऑप्शन को समझने से पहले हमें इसे वास्तविक जिंदगी से जोड़ना पड़ेगा, तभी यह तुम्हारी समझ में आएगा।

"कल्पना करें कि बाजार में आलू का एक बहुत बड़ा व्यापारी है। वह आलू खरीदता भी है और बेचता भी है।

"अब आपको लगता है कि बाजार में आलू के वर्तमान भाव, जो 20 रुपए प्रति किलो है, से बढ़ने वाले हैं। अतः यदि आप आलू खरीद लेते हैं तथा उसे महीने भर बाद, 2 महीने बाद या 3 महीने बाद बेच लेंगे तो आपको मुनाफा होगा।

"आप उस व्यापारी (जिसका नाम शिवलाल ठेकेदार है) से आलू कैश में खरीदने जाते हैं तो वह कम-से-कम 400 बोरी आलू खरीदता/बेचता है।

"एक बोरी में 100 किलो आलू के हिसाब से आप 400 बोरी, अर्थात् 40,000 किलो से कम आलू नहीं खरीद सकते। अतः आप कैश में 40,000 किलो आलू खरीदते हैं तो आपको 20 रुपए प्रति किलो के बाजार भाव से भुगतान करने के लिए 8 लाख रुपए की नकदी की आवश्यकता होगी। यहाँ 400 बोरी 'लोट साइज' है।

"जी हाँ, ऑप्शन ट्रेडिंग में आप कहीं भी लॉट साइज पढ़ा है तो वो ये ही है।

"जैसे ऑप्शन में निफ्टी का 75 का लॉट है, अर्थात् आपको कम-से-कम 75 निफ्टी एक साथ खरीदने या बेचने पड़ेंगे।

"आई.ओ.सी. में 1,500 शेयरों की लॉट साइज है। इन्फोसिस में 500 की लॉट साइज है।

दरअसल, ये लॉट साइज स्टॉक एक्सचेंज द्वारा तय की जाती है, जो

स्टॉक के भाव ज्यादा घटने या बढ़ने पर चेंज भी कर दी जाती है।

"एक्सचेंज का प्रयास यह रहता है कि लॉट साइज 5 लाख से 10 लाख के बीच में रहे। जैसे किसी शेयर का 2,000 का लॉट है तथा उसका बाजार भाव 380 रुपए है तो 2,000 शेयरों का इस भाव से बाजार मूल्य 7,60,000 रुपए बना। इसी प्रकार निफ्टी बाजार मूल्य यदि 10,000 रुपए है और उसका लॉट साइज 75 है तो उसका बाजार मूल्य 7,50,000 रुपए बना।

"एक्सचेंज द्वारा 5 लाख से ऊपर लॉट साइज रखने का मूल कारण छोटे निवेशकों को फ्यूचर एंड ऑप्शन से दूर रखना है; क्योंकि प्राय: छोटे निवेशक इसमें समझदारी से कार्य नहीं करते तथा फ्यूचर एंड ऑप्शन को व्यापार की तरह न करके जुए की तरह करते हैं और अपना पूरा पैसा गँवा बैठते हैं।"

"घीसू भाई बोले, सर, मेरा दिल बैठ रहा है। न तो मेरे पास 5 से 8 लाख रुपए हैं और न ही मैं अपना पूरा पैसा गँवाना चाहता हूँ। इसलिए आपने इतना ज्ञान दिया, उसके लिए धन्यवाद है, अब मुझे लगता है कि मैं आइसक्रीम पार्लर में ही थोड़ा ओवर टाइम करके ज्यादा पैसे कमा सकता हूँ।"

"अरे भाई, ऑप्शन ट्रेडिंग के लिए तुम्हें 5 से 8 लाख रुपए पूँजी नहीं चाहिए, शुरू में मैं तुम्हें 50 हजार रुपए से ही ऑप्शन ट्रेड करना सिखा दूँगा। घबराओ मत, मेरी विधि से ट्रेड करने पर तुम पूरी पूँजी नहीं गँवाओगे।"

"तब ठीक है।" घीसू भाई संतुष्ट हुए।

"तो अब शिवलाल ठेकेदार आपको आलू में ऑप्शन ट्रेडिंग की सुविधा देता है, अर्थात् आलू का वर्तमान बाजार भाव 20 रुपए किलो है तो वह प्रति किलो कुछ प्रीमियम लेकर आलू की अलग-अलग मूल्यों की, जैसे 20, 22, 24, 26, 28, 30 की कॉल बेचता है।

"जैसे आप उससे 22 रुपए प्रति किलोवाली 'कॉल' खरीदते हैं तो वह आपको 0.30 पैसे प्रति किलो के हिसाब से 40,000 किलो का 12,000 रुपए प्रीमियम लेकर आपसे महीने के आखिरी गुरुवार को 40,000 किलो आलू 22 रुपए के फिक्स प्राइस पर बेचने का कॉण्ट्रेक्ट कर लेगा।

"यहाँ महीने का आखिरी गुरुवार एक्सपायरी डेट है। ऑप्शन ट्रेडिंग

में भारतीय शेयर बाजारों में भी महीने के आखिरी गुरुवार को ही ऑप्शन भी एक्सपायरी होती है। कुछ ऑप्शन, जैसे निफ्टी व बैंक निफ्टी की साप्ताहिक एक्सपायरी भी होती है, अर्थात् वे प्रत्येक गुरुवार को एक्सपायर हो जाते हैं।

"अब महीने के आखिरी गुरुवार को आलू के भाव बढ़कर 24 रुपए प्रति किलो हो गए। तब आपने शिवलाल ठेकेदार से जो 22 रुपए की कॉल खरीदी है, इसका मतलब आपको 22 रुपए में ही आलू खरीदने का सौदा मिला हुआ है। आप उससे 22 रुपए में 40,000 किलो आलू खरीदकर 24 रुपए के बाजार भाव पर बेचते हैं तो आपको 2 रुपए प्रति किलो के हिसाब से कुल 80,000 रुपए का मुनाफा मिल गया।

"आपने निवेश किया था 12,000 रुपए का मुनाफा मिला 80,000 रुपए। अतः आपका वास्तविक मुनाफा 80,000 में से आपका प्रीमियम 12,000 कम करके 68,000 ही है।"

"यदि आलू के भाव एक्सपायरी को 25 रुपए प्रति किलो होते तो?" घीसू भाई ने पूछा—"तो आपको 3 रुपए प्रति किलो के हिसाब से 1,20,000 रुपए मिलते, जिसमें आपका प्रीमियम 12,000 कम करने पर आपको 1,08,000 रुपए का मुनाफा होता।"

"पर सर, मुझे तो एक रुपए भी नहीं मिलता, क्योंकि यदि मैंने 22 रुपए पर 40,000 किलो आलू खरीदने का सौदा किया होता तो पहले शिवलाल ठेकेदार से 40,000 किलो आलू खरीदने पड़ते, जिससे एक्सपायरी के दिन मुझे पहले 8,80,000 रुपए की जरूरत होती।

"न तो नौ मन तेल होगा, न राधा नाचेगी; अर्थात् न तो मेरे पास 8,80,000 रुपए हैं, न मुझे एक्सपायरी के दिन आलू मिलते, न मैं उन्हें 25 रुपए के भाव पर बेचकर 10 लाख रुपए ले पाता!"

"अरे घीसू भाई, चिंता मत करो। ऑप्शन ट्रेडिंग के बारे में अज्ञान खूब फैला हुआ है। दरअसल, कॉल ऑप्शन दो प्रकार के होते हैं—

1. एक यूरोपियन स्टाइल कॉल ऑप्शन, जिसमें फिजिकल डिलीवरी की आवश्यकता नहीं होती, सौदे कैश में सेटलमेंट होते हैं और

आप एक्सपायरी से पहले सौदा काट भी सकते हैं।

2. दूसरा, अमेरिकन स्टाइल कॉल ऑप्शन, जिसमें शेयरों की फिजिकल डिलीवरी होती है और आप एक्सपायरी से पहले सौदा काट भी नहीं सकते हैं।

"भारत में इनमें से यूरोपियन स्टाइल में ऑप्शन ट्रेडिंग होती है, अर्थात् आप ऑप्शन कॉण्ट्रेक्ट को शेयरों की तरह एक्सपायरी से पहले भी खरीद-बेच सकते हैं।

"साथ ही एक्सपायरी के दिन इंडेक्स ऑप्शन, जैसे निफ्टी व बैंक निफ्टी के सभी सौदे कैश में सेटलमेंट होते हैं, फिजिकल डिलीवरी नहीं होती है। बाकी शेयरों के सौदे फिजिकल डिलीवरी से सेटल होते हैं, पर इसको कैश में सेटल करवाने के लिए आपको या तो एक्सपायरी के कुछ घंटे पहले खुद अपना ऑप्शन कॉण्ट्रेक्ट बेचना पड़ेगा, नहीं तो आपको कॉल खरीद रखी है तथा कॉल यदि इन द मनी है तो इन शेयरों की फिजिकल डिलीवरी आपके डीमैट खाते में लेनी होगी।"

"सर, मैं कुछ समझा नहीं! क्या एक्सपायरी… ? क्या सेटेलमेंट… ? आप क्या कह रहे हैं, मेरे दिमाग से बाहर की बात है सब।"

"अरे घीसू भाई, तुम्हारे को आलू वाली भाषा में ही समझाना पड़ेगा।

"मान लो, आलू का बाजार भाव 20 रुपए प्रति किलो है। तुम्हें लगता है ये भाव बढ़ जाएँगे, अर्थात् शेयर मार्केट की भाषा में आप आलू के भाव के प्रति बुलिश हो तो आप शिवलाल ठेकेदार से ऑप्शन भी 'मार्च सीरीज' की एक '20' स्ट्राइक प्राइज की कॉल खरीद लेते हो।"

"सर, 'मार्च सीरीज' क्या है ?" घीसू भाई ने टोका… !

"अरे, फ्यूचर एंड ऑप्शन में सौदे 3 माह एडवांस में किए जा सकते हैं, जैसे अभी मार्च महीना चल रहा है और तुम मार्च के आखिरी गुरुवार के लिए सौदे करते हो तो ये 'मार्च सीरीज' का सौदा कहलाएगा; परंतु तुम चाहो तो अप्रैल व मई महीने के आखिरी गुरुवार के लिए भी सौदा कर सकते हो। इसे 'अप्रैल सीरीज' व 'मई सीरीज' कहेंगे।"

"ठीक है, सर।"

"अब मार्च की सीरीज में आपने आलू की 20 रुपए प्रति किलो स्ट्राइक प्राइज की कॉल ली है। शिवलाल ठेकेदार इसके लिए 2.20 रुपए प्रति किलो का प्रीमियम लेता है और आप कम-से-कम 40,000 किलो के लॉट साइज में आलू का सौदा कर सकते हो तो आपको उसे 40,000×2.20=88,000 रुपए प्रीमियम देना होगा। अब मार्च का आखिरी गुरुवार इस सौदे के सेटलमेंट का दिन है, जिसे एक्सपायरी का दिन कहेंगे।

"मान लो, आपने जैसे ही 20 रुपए की कॉल खरीदी तो आलू का बाजार भाव बढ़कर 23 रुपए हो गया। अब जैसे-जैसे भाव बढ़ता है, कॉल ऑप्शन का प्रीमियम भी बढ़ता है।

"मान लो, अब 20 रुपए की कॉल पर प्रीमियम 2.20 से बढ़कर 3.20 हो गया तो आप बगैर एक्सपायरी का इंतजार किए (भारतीय बाजार के यूरोपियन स्टाइल कॉल ऑप्शन में) अपने कॉण्ट्रेक्ट को किसी अन्य खरीदार को शेयरों की तरह 3.20 रुपए में बेचकर 40,000×3.20=1,28,000 रुपए प्राप्त कर सकते हो, अर्थात् तुम्हें अपना प्रीमियम 88,000 कम करने पर 40,000 का लाभ हो जाएगा।

"यदि आप मार्च के आखिरी गुरुवार एक्सपायरी के दिन सेटलमेंट के दिन तक इंतजार करते तथा उस दिन भाव बाजार में बंद होने के समय यदि 30 रुपए प्रति किलो हो तो तुम्हें 30-20=10 रुपए प्रति किलो के हिसाब से कैश में सेटलमेंट होंकर (केवल भारत में वर्तमान में प्रचलित यूरोपियन कॉल ऑप्शन CE के लिए) एक्सचेंज आपको 40,000 किलो की 10 प्रति किलो की दर से अंतर राशि 4,00,000 (चार लाख रुपए) का भुगतान दे देता।

"अब आप समझ सकेंगे कि आपका मुनाफा 88,000 प्रीमियम कम करने पर 3,12,000 ही होता। इसमें भी वास्तविक मुनाफे की गणना के लिए ब्रोकरेज व एस.टी.टी. (सेक्यूरिटी ट्रांजेक्शन टैक्स) भी कम करना पड़ेगा।"

"अब यदि एक्सपाजेरी को आलू का भाव 21.30 हो तो क्या होगा?"

"तब आपको 21.30–20=1.30 प्रति किलो की दर से 1.30×40=52,000 रुपए मिलेंगे।

"परंतु आपने शिवलाल ठेकेदार को 2.20×40,000=88,000 प्रीमियम दिया था, इसलिए आपको इस सौदे में 88,000–52,000=36,000, ब्रोकरेज और एस.टी.टी. का नुकसान होगा।"

"और भाव 20 रुपए हो तो ?"

"तो आपको कुछ नहीं मिलेगा और आपका पूरा प्रीमियम 88,000 डूब जाएगा।"

"यदि एक्सपायरी को आलू के भाव कम होकर 19, 18, 17 या 10 हो रह जाए या 5, 4, 3, 2 प्रति किलो हो या रुपया किलो ही रह जाए तो मेरा नुकसान कितना होगा ?" घीसू भाई ने पूछा।

"तब भी आपका नुकसान अधिकतम आपके पूरे प्रीमियम 88,000 के डूबने तक ही सीमित होगा। यही कॉल ऑप्शन की विशेषता है। इसमें आपको एक फिक्स प्राइज पर खरीदने का अधिकार मिलता है, परंतु आप उस अधिकार का प्रयोग करने के लिए बाध्य नहीं हैं। यदि आलू बाजार में 20 रुपए से भी कम मिल रहे हैं तो आप शिवलाल ठेकेदार से आलू 20 रुपए के भाव पर खरीदने के अपने अधिकार का प्रयोग नहीं करेंगे और शिवलाल ठेकेदार, जो कॉल राइटर है, उसको पूरा प्रीमियम 88,000 मिल जाएगा।

"इस प्रकार कॉल ऑप्शन में आपका नुकसान आप द्वारा चुकाए गए प्रीमियम तक सीमित है।

"कॉल ऑप्शन खरीदने का अर्थ है, इसमें आपको एक फिक्स स्ट्राइक प्राइज पर शेयर खरीदने का अधिकार मिलता है चाहे, सेटलमेंट डेट को शेयर कितना भी ऊपर–नीचे चला जाए, आप अपने स्ट्राइक प्राइस पर शेयर खरीद सकते हैं।

"अतः यदि भाव आपके स्ट्राइक प्राइज से ऊपर होता है तो आप अपने अधिकार का प्रयोग कर लेते हैं।

"इस प्रकार, इसमें आपको असीमित मुनाफा हो सकता है।

"परंतु कॉल ऑप्शन में आपको अपने अधिकार का प्रयोग करने की बाध्यता नहीं है, अर्थात् यदि प्राइज सेटलमेंट के दिन आपके स्ट्राइक प्राइस से नीचे होता है तो आप अपने अधिकार का प्रयोग नहीं करेंगे। इससे आपका चुकाया गया प्रीमियम आपका अधिकतम नुकसान होता है।

"यह एक प्रकार का बीमा है, जिसमें आप प्रीमियम देते हैं और एक फिक्स स्ट्राइक प्राइज पर शेयर खरीदने का अधिकार ले लेते हैं। पर बाध्यता नहीं। आप अधिकार प्रयोग करने या नहीं करने के लिए स्वतंत्र रहते हैं, जिससे आप जो प्रीमियम देते हैं, वह कॉल बेचनेवाले (कॉल राइटर) को मिल जाता है। कॉल बेचनेवाले का लाभ सीमित है। आपको ज्यादा-से-ज्यादा आपका प्रीमियम मिल सकता है, पर शेयर कितना भी ऊपर जाए, उसको आपको अंतर राशि देनी पड़ेगी। इसलिए कॉल राइटर का नुकसान असीमित है।"

"सर, आपकी बातों से मुझे कहीं भी यह नहीं लगता कि ये सुरक्षित विधि है, आपने जो उदाहरण दिया, उसमें 88,000 प्रीमियम सुनकर ही मेरे पसीना आ रहा है। एक तो इतना प्रीमियम मेरे पास है नहीं, दूसरे 88,000 पूरे डूब जाएँ, इतना जिगर मेरा नहीं है।" घीसू भाई बोले।

"देखो घीसू भाई, यह तो काल्पनिक उदाहरण है। मार्केट में कॉलपुट खरीदने में आपको 88,000 प्रीमियम की जरूरत नहीं है।

"निफ्टी में 75 की लॉट साइज है और आप 100 के प्रीमियम पर कॉल खरीदते हो तो आपको 7,500 रुपए मात्र प्रीमियम की आवश्यकता होती है। इसी प्रकार प्रीमियम भी अलग-अलग स्ट्राइक प्राइज का अलग-अलग होता है। यदि आप आउट ऑफ मनी कॉल खरीदते हैं, जैसे निफ्टी 10,150 पर हो और इसकी स्ट्राइक प्राइज 10,200, 10,250, 10,300, 10,350, 10,400, 10,450 तथा 10,500 में से आप काफी ऊपर की कॉल खरीदते हैं, अर्थात् आउट मनी (OTM) कॉल लेते हैं तो यह 5 से 10 रुपए प्रीमियम पर, अर्थात् 75×10=750 रुपए में भी मिल सकती है। इस प्रकार की आउट मनी (OTM) कॉल खरीदना एक प्रकार का लॉटरी का टिकट खरीदना है। इससे यदि मार्केट में बहुत ज्यादा तेजी आती है, निफ्टी एक्सपायरी से पहले 10,150 से एकदम

ऊपर उछलकर 10,500 के आसपास आ जाए तो आपकी 10,500 की कॉल का प्रीमियम भी बढ़कर 10 रुपए से सीधे 100-150 रुपए हो जाएगा; पर ऐसा होने के आसार बहुत कम होते हैं और ज्यादातर अनाड़ी निवेशक लॉटरी के टिकटों की तरह ये सस्ती OTM कॉल खरीदते रहते हैं तथा प्रीमियम गँवाते रहते हैं।

"पर वास्तव में, यह आउट ऑफ मनी कॉलपुट खरीदने का प्रयोग यदि कॉलपुट रेशो स्ट्रेटेजी के साथ किया जाता है तो यह मुनाफा दे सकती है, जिसका वर्णन इस पुस्तक के आगे के अध्यायों में किया जाएगा।"

"सर, आउट द मनी (OTM) कॉल क्या होती है ?"

"कॉल तीन प्रकार की होती है—

1. इन द मनी (ITM)
2. एट द मनी (ATM)
3. आउट ऑफ द मनी (OTM)

"जैसे निफ्टी 10,150 पर है तो 10,100 की कॉल में पहले से 50 रुपए का फायदा है। इसलिए यह 'इन द मनी' (ITM) कॉल है। 10,150 की कॉल में चूँकि मार्केट प्राइस भी 10,150 है, इसलिए इसमें न फायदा है। न नुकसान। इसलिए यह 'एट द मनी' (ATM) कॉल कहलाती है और 10,200 की कॉल बाजार भाव उलटा 50 रुपए कम है, इसलिए ये 'आउट ऑफ द मनी' (OTM) कॉल कहलाती है।

"जैसे आलू का बाजार भाव 20 रुपए प्रति किलो है और आप शिवलाल ठेकेदार से 24 रुपए प्रति किलो वाली कॉल खरीदते हैं तो यह आउट ऑफ द मनी (OTM) कॉल है। यह शिवलाल कम प्रीमियम पर देगा, क्योंकि इसमें फायदा होने के आसार तभी हैं, जब आलू के भाव 24 रुपए से ऊपर जाए। ऐसा होने की संभावना बहुत कम होने से शिवलाल कम प्रीमियम लेता है।

"असल में, एक्सपायरी तक प्रतिदिन ऑप्शन बाजार में कॉल व पुट के भाव शेयरों की तरह बदलते रहते हैं, इसलिए यदि आपने ITM (इन द मनी)

कॉल या पुट खरीदी है तथा एक्सपायरी के पहले ही इसे बेच लेते हैं तो पूरे प्रीमियम का नुकसान नहीं होता है।

"उदाहरण के तौर पर, मान लो कि निफ्टी 10,165 पर है और निफ्टी की स्ट्राइक प्राइज में 50-50 का अंतर है तो 10,150 की कॉल 'इन द मनी' (ITM) कॉल है, 10,200 की कॉल आउट ऑफ द मनी (OTM) कॉल है।

"अब आपको उम्मीद है कि एक्सपायरी तक निफ्टी ऊपर बढ़कर बंद होगा और आप निफ्टी की 10,150 की कॉल 123 रुपए प्रीमियम पर खरीद लेते हैं तो आपको 123×75=9,225 का प्रीमियम देना पड़ा।

"अब महीने के आखिरी गुरुवार को सेटलमेंट के दो-तीन दिन पहले यदि निफ्टी गिर गया और 10,088 पर ही ट्रेड कर रहा है तो अब आपकी 10,150 वाली कॉल 'आउट ऑफ द मनी' (OTM) कॉल बन चुकी है। इस पर प्रीमियम भी घटकर 78 रुपए रह गया है।

(यह एक काल्पनिक उदाहरण है। प्रीमियम 78 की किसी फॉर्मूले से गणना नहीं हो सकती, क्योंकि ये शेयरों के भाव की तरह कॉल बेचने व खरीदनेवाले की और सप्लाई पर आधारित है।)

"आपको लगता है कि अब एक्सपायरी तक निफ्टी 10,150 के ऊपर नहीं जाएगा तो आप कॉल को 78 के भाव पर बेचकर 75×78=5,850 रुपए लेकर निकल सकते हैं। इस प्रकार आपका नुकसान 9,225-5,850=3,375 तक ही सीमित है।

"यदि आप नहीं भी बेचते तथा निफ्टी एक्सपायरी को कितना भी नीचे गिर जाता तो भी आपका अधिकतम नुकसान आपके चुकाए हुए प्रीमियम 9,225 तक ही सीमित रहता।

"परंतु यदि निफ्टी बढ़कर 10,300 हो जाता है तो स्वाभाविक है कि 10,150 की कॉल पर प्रीमियम भी बढ़कर 233 के आसपास हो जाता है तो आप बगैर एक्सपायरी का इंतजार किए 233 पर बेचकर 233×75=17,445 रुपए लेकर निकल सकते थे। ऐसी स्थिति में आपको मुनाफा 17,445-9,225=8,250 के आस-पास होता है; हालाँकि आपको इसमें से ब्रोकरेज भी

कम करना पड़ेगा, तभी वास्तविक मुनाफा निकलेगा।

"आपने 10,150 की निफ्टी की कॉल 123 रुपए प्रीमियम देकर खरीदी। इसे एक्सपायरी तक होल्ड रखा और महीने के आखिरी गुरुवार को निफ्टी 9,850 पर बंद हुआ तो आपको कुछ नहीं मिलेगा, ज्यादा-से-ज्यादा आपका प्रीमियम चला गया।

"आप अर्थ समझ गए न! कॉल खरीदने का अर्थ आपको एक्सपायरी के समय निफ्टी 10,500 पर खरीदने का अधिकार था, पर बाजार भाव 9,850 ही हो गया, इसलिए आपने अपने अधिकार का प्रयोग नहीं किया, जिससे आपका इस अधिकार को खरीदने के लिए चुकाया गया प्रीमियम कॉल राइटर को मिल गया।

"आपका ज्यादा-से-ज्यादा नुकसान आपका प्रीमियम हुआ।

"पर यदि एक्सपायरी को निफ्टी 10,453 पर बंद होता तो सेटलमेंट की प्रक्रिया में एक्सचेंज ऑटोमैटिक सभी इन द मनी (ITM) कॉल व पुट धारकों को अंतर राशि का भुगतान कर देता है, अर्थात् आपको 10,453-10,150=303 रुपए की अंतर राशि के हिसाब से 75 की लॉट साइज होने से 75×303=22,725 मिल जाते, हालाँकि इसमें आपको 1,000 रुपए के आसपास एस.टी.टी. (सिक्योरिटी ट्रांजेक्शन टैक्स, स्टांप ड्यूटी, ब्रोकरेज) भी देना पड़ता।

"यदि आपका मार्जिनल लाभ में होता, अर्थात् निफ्टी 10,150 पर ही बंद होता तो आपका ब्रोकर आपको ऑप्शन देता कि आप कॉल को एक्सरसाइज करना चाहते हैं या नहीं। यहाँ एक्सरसाइज करने का अर्थ है कि आप कॉल के बदले मिले अपने खरीदने के अधिकार का प्रयोग करना चाहते हैं या नहीं? क्योंकि इसमें आपको लाभ तो 8×75=600 ही मिल रहा है, जबकि एस.टी.टी. वगैरह 1,000 के लगभग लग रहा है। इसलिए आप इसे एक्सरसाइज करते हैं, अर्थात् अपने अधिकार का प्रयोग करते हैं तो उलटा आपको 400 रुपए का घाटा हो रहा है।

"अभी तक मुझे लगता है, आप कॉल ऑप्शन के बारे में पूरी तरह से

समझ चुके हैं। ऑप्शन के दूसरे प्रकार को 'पुट ऑप्शन' कहते हैं।"

'पुट क्या होती है ?'

पुट ऑप्शन में आपको एक निश्चित स्ट्राइक प्राइस पर बेचने का अधिकार मिलती है। वापस आलू का उदाहरण लेते हैं। बाजार में आलू का बाजार भाव 20 रुपए प्रति किलो है। आपको लगता है कि इस साल आलू की बंपर पैदावार हुई है, जिससे भाव कम हो सकता है, तो आप आलू की 20 रुपए स्ट्राइक प्राइस की पुट ले लेते हैं तथा आलू का भाव एक्सपायरी को 16 रुपए प्रति किलो हो जाता है, तो भी आपको पुटधारक होने के कारण 20 रुपए प्रति किलो पर आलू बेचने का अधिकार है, अर्थात् आपको 20-16=4 प्रति किलो लाभ मिल जाएगा।

"कॉल की तरह पुट भी अलग-अलग स्ट्राइक प्राइज की ले सकते हैं। पुट पर प्रीमियम भी घटता-बढ़ता रहता है।

"पुट भी तीन प्रकार की होती हैं, जैसे—

1. आउट ऑफ द मनी पुट
2. एट द मनी पुट
3. इन द मनी पुट।

"अब सीधे निफ्टी का उदाहरण लेते हैं, जैसे निफ्टी का वर्तमान स्तर 10,200 है। आप अप्रैल वायदा सीरीज में 10,200 की पुट 165 रुपए प्रीमियम देकर लेते हैं तो यह 'एट द मनी पुट' है, क्योंकि आपने जिस स्ट्राइक प्राइज पर पुट खरीदी है, वह पहले से न तो लाभ में है, न हानि में है। इसमें आपको 75×165=12,375 प्रीमियम चुकता करना पड़ा।

"तो अब यदि निफ्टी एक्सपायरी के दिन गिरकर 10,035 पर बंद होता है तो एक्सचेंज आपको पुटधारक होने के कारण आपका लाभ 10,200-10,035=165 की दर से 165×75=12,375 दे देगा, जो आपके प्रीमियम के बराबर है, अर्थात् 10,035 तक निफ्टी गिरेगा तो आपको न फायदा होगा, न नुकसान (उलटा हलका-सा नुकसान आपके द्वारा चुकाए गए ब्रोकरेज व कर का होगा) होगा।

"निफ्टी ज्यादा गिरकर 10,000 पर बंद होता तो आपको 75×200=15,000 मिलते, अर्थात् आपको लगभग 2,500 का फायदा प्रीमियम, ब्रोकरेज व कर कम करके मिलता। यदि निफ्टी 10,200 से बढ़कर 10,300, 10,500, 10,700, 11,000, 12,000...कितना भी ऊपर बढ़कर बंद होता।

"पुट खरीदने पर आपका अधिकतम नुकसान आपके द्वारा चुकाए गए प्रीमियम तक सीमित होता है, पर लाभ असीमित होता है। यदि आपने 10,200 की पुट खरीदी और निफ्टी गिरकर 9,200 पर बंद हुआ तो आपको 10,200–9,200=1,000×75 से 75,000 रुपए मिलते।

"इसी प्रकार, यदि निफ्टी 10,200 पर है और आप 10,300 की पुट खरीदते हैं तो आपके स्ट्राइक पॉइंट 10,300 से निफ्टी पहले ही 100 अंक गिरा हुआ है, अर्थात् आपकी पुट पहले से ही 100 अंक फायदे में है, तो ऐसी पुट 'इन द मनी' पुट कहलाती है।

"इसमें आपको प्रीमियम भी ज्यादा देना पड़ता। यदि आप 10,200 की 'एट द मनी' पुट 165 के प्रीमियम पर ले सकते थे तो 10,300 की पुट का प्रीमियम पहले से हो रहे लाभ को देखते हुए 265 के आसपास होता।

"यहाँ मैं फिर से बताना चाहता हूँ कि प्रीमियम कोई फिक्स राशि नहीं है। प्रीमियम शेयरों के भाव की तरह कम ज्यादा होता रहता है। यह भी माँग व आपूर्ति के सिद्धांत पर कार्य करता है। जैसे मार्केट बढ़ने के संकेत हो मार्केट बुल फेज में हो तो कॉल पर ज्यादा प्रीमियम हो जाएगा, मार्केट गिरने के संकेत हो मार्केट बीअर फेज में हो तो पुट पर ज्यादा प्रीमियम हो जाएगा।

"साथ ही सीरीज की शुरुआत में प्रीमियम ज्यादा होता है, क्योंकि तब एक्सपायरी में ज्यादा समय बचा होता है तथा आपके जीतने के चांस ज्यादा होते हैं, जैसे-जैसे एक्सपायरी नजदीक आती है, प्रीमियम गलने लगता है (कम होने लगता है)। यह आपको मैं आगे के अध्याय में और विस्तार से समझा दूँगा।

"यदि निफ्टी 10,200 पर है, आप 10,100 की पुट खरदते हैं तो

10,100 तक निफ्टी गिर जाए तो भी आपको कुछ नहीं मिलना। यह पुट 'आउट द मनी' पुट है। इसमें स्वाभाविक है, प्रीमियम भी कम 65 रुपए के आसपास ही लगेगा। यदि 10,000 की 'OTM' पुट लेंगे तो प्रीमियम और भी कम 30-40 रुपए ही लगेगी। 9,500 की पुट पर 1-2 रुपए ही रह जाएगा। अर्थात् जिस स्तर तक मार्केट गिरने की संभावना जितनी कम होगी, पुट पर प्रीमियम भी उतना ही कम होगा।

"जब 10,200 से 9,500 तक निफ्टी गिरने की संभावना न के बराबर होती है तो फिर यह पुट 9,500 वाली कौन खरीदेगा और कौन बेचेगा?" घीसू भाई ने पूछा।

"मार्केट में नए व लालची निवेशकों की भरमार होती है। वे कम प्रीमियम वाली कॉल-पुट को लॉटरी के टिकटों की तरह खरीदते-बेचते रहते हैं।

"वे सोचते हैं कि यदि 9,500 की पुट 2 रुपए प्रीमियम देकर 75×2=150 रुपए में ले लूँगा और बाय चांस मार्केट 9,400 तक गिर गया तो 100×75=7,500 रुपए मिलेंगे, नहीं तो 150 ही जाएँगे।

शिवलाल ठेकेदार जैसे पुट राइटर ऐसे निवेशकों की सोच व लालच का फायदा उठाते हैं। वे एकसाथ लाखों-हजारों लॉट कम प्रीमियम पर 'OTM' कॉल या पुट बेचकर इन छोटे-लालची निवेशकों का पैसा अपनी जेब में डालते रहते हैं। कॉलपुट बेचने को 'कॉलपुट राइट करना' भी कहते हैं। मार्केट में 80 प्रतिशत कॉलपुट जो 'OTM' होती है, वर्थलेस (बगैर उस मूल्य तक आए, जहाँ से लाभ प्रारंभ होता है) ही एक्सपायर हो जाती है तथा उनका प्रीमियम कॉलपुट राइटर्स को हजम हो जाता है। इसलिए ऐसा भी कहते हैं कि कॉलपुट खरीदनेवालों की तुलना में कॉलपुट के रायटर ज्यादा स्मार्ट होते हैं।

"परंतु वास्तव में ऐसा भी सही नहीं है, क्योंकि कॉलपुट राइट करने में नुकसान अनलिमिटेड होता है। आप यदि ताश खेल रहे हैं और आपके पत्ते सामनेवाले को दिखाकर खेल रहे हैं तो आप जीतेंगे या हारेंगे, खुद सोच लेंगे। ऐसे ही ताश के पत्तों की तरह आपकी ओपन पोजीशन बड़े ट्रेडरों को दिखती रहती है, इसलिए एक्सापयरी वहीं होती है, जहाँ छोटे निवेशक का घाटा और

बड़े व्यापारी का फायदा होता है।

"इसलिए, यदि आप छोटे ट्रेडर हैं तो आज के बाद कभी भी कॉल या पुट राइट करने की बात सोचें भी नहीं; क्योंकि ऐसा करने से आप अपनी पूरी पूँजी साफ करवा सकते हैं, क्योंकि कॉलपुट राइट करने पर लॉस अनलिमिटेड हो सकता है। परंतु यदि आप बहुत बड़ी नेटवर्थ रखते हैं और बहुत सारी कॉलपुट को एक साथ अलग-अलग स्तरों पर राइट करके काफी सारी ओ.टी.एम. कॉलपुट का पैसा कमाने की क्षमता रखते हैं तथा आपका सेटअप बहुत बड़ा है तथा आपके पास दूसरों की ओपन पोजीशन को लगातार ट्रैक करते हुए उसी के अनुसार अपनी कॉलपुट की राइट की गई पोजीशन को काटने की क्षमता है तो आप भले ही राइट करके स्मार्ट बन सकते हैं, परंतु मुझे पता है कि ऐसी क्षमतावाला यह पुस्तक भी नहीं पढ़ रहा होगा। इसलिए आप मेरे आम पाठक ऐसी गलती न करें। आप पुस्तक को पूरा पढ़कर इसमें जैसे-जैसे उपाय व जैसी पूँजी की आवश्यकता बताई गई है, उसके अनुरार ही कार्य करें।

"फिर भी आप कॉलपुट राइट करना ही चाहते हैं तो चिंता न करें। मेरी पुस्तक के आगे के कुछ अध्यायों में कवर्ड कॉल राइट करने का सही मेथड बताया गया है और 'कॉलपुट रेशो स्प्रेड मेथड' बताया गया है, जिससे आप बहुत ही कम रिस्क में कॉलपुट राइट करके भी मुनाफा कमा सकेंगे। इसलिए धैर्यपूर्वक पुस्तक को पूरा पढ़ें। मुझे पूरा विश्वास है, मैंने आपके लिए जो विधियाँ खोजी हैं, उनसे आपको निश्चित ही लाभ होगा।

"मुझे पता है, अभी भी कुछ लालची सटोरिए टाइप के छोटे निवेशकों की बुद्धि में मेरा उपदेश नहीं आया होगा। वे मुझसे चिढ़कर बहस करने की सोच रहे होंगे। पर आपकी ओपन पोजीशन दिखने का नुकसान आपको कैसे होता है, यह मैं समझाता हूँ। यह उसी प्रकार है, जैसे आलू की सप्लाई मार्केट में कम थी, फसल भी अच्छी नहीं थी। आलू का बाजार भाव 22 रुपए था, इसलिए आपको आलू के बाजार भाव बढ़कर उलटा 24 तक जाने का पक्का

अनुमान था। इसलिए आपको आलू की 20 रुपए की, 18 रुपए की, 16 रुपए की पुट राइट करने में कोई नुकसान नहीं दिख रहा था। आपको पता था कि यह वर्थलेस एक्सपायर हो जाएगी। ज्यादातर सलाहकार भी यही कह रहे थे और आपके तथाकथित चार्ट आदि पर भी ऐसी ही कैंडल बन रही थी; परंतु आप लोगों की इतनी ज्यादा पुट राइटिंग देखकर शिवलाल जैसे बड़े व्यापारी एक बार कुछ समय के लिए अपने पास के आलू के स्टॉक से मार्केट में सप्लाई इतनी कर देते हैं कि आलू का भाव 24 रुपए तो दूर, उलटा गिरकर 15 रुपए तक एक्सपायरी तक हो जाता है। आप लोगों से जबरदस्त मुनाफा लेने के बाद जैसे ही अगली सीरीज आती है, वे बड़े व्यापारी सप्लाई बंद करके उलटा खरीदना शुरू कर देते हैं, जिससे भाव बढ़कर भले ही 30 रुपए हो जाए, पर आपकी पुट राइट की हुई थी, वह वर्थलेस एक्सपायर होने की जगह आपकी ज्यादातर पूँजी लेकर निकल जाती है।

"ऐसे ही आप बहुत बड़ी मात्रा में कॉलपुट को खरीदकर भी नहीं बैठ जाएँ, जैसे कभी आपने शिवलाल से आलू की 24 रुपए की कॉल के 1,000 लॉट एक साथ खरीदे, तब आलू का बाजार भाव 22 रुपए ही था। अब यदि आलू की सप्लाई कम हो जाती है तथा बाजार भाव बढ़कर 26 रुपए होने वाला भी हो तो भी शिवलाल बड़ा व्यापारी है। वह एक बार अपने पास के जमा आलुओं से एक्सपायरी तक इतनी सप्लाई कर देगा कि भाव बढ़कर 26 रुपए नहीं होने देगा, जिससे आपकी 24 की कॉल वर्थलेस एक्सपायर हो जाएगी। अगले दिन नई सीरीज प्रारंभ होते ही शिवलाल सप्लाई बंद करके उलटा आलू खरीदना चालू कर देगा। तब हो सकता है, भाव 26 क्या 28 भी हो जाए; पर तब आपकी कॉल वर्थलेस एक्सपायर हो चुकी होती है। कुछ ऐसा ही खेल बड़े ट्रेडर की ओर से चलता है। इसलिए छोटे निवेशक को ऑप्शन में बहुत सावधान रहना चाहिए और बहुत छोटी पोजीशन रखनी चाहिए तथा राइट करने की तब तक नहीं सोचनी चाहिए, जब तक उनकी पूँजी इतनी ज्यादा हो कि वे भारी मात्रा में शेयर खरीद व बेचकर हवा का रुख बदलने की शक्ति न रखते हों; क्योंकि एक अंग्रेज लेखक की पुस्तक मैंने

ऑप्शन पर पढ़ी थी। उसमें लिखा था कि ऑप्शन मार्केट की रचना इस प्रकार से हुई है कि छोटे ट्रेडर की जेब से पैसा निकलकर बड़े ट्रेडर की जेब में आ जाए, इसलिए समझदारी बरतें। सिर्फ छोटी पोजीशन ही लें और मना करने के बावजूद मन नहीं मान रहा हो, फिर भी आप राइट करते भी हों तो छोटे लोट ही राइट करें व स्टॉप लॉस रखें।

इस बारे में आगे के अध्यायों में विस्तार से चर्चा करेंगे।

"तो अब आपको कॉलपुट की प्रारंभिक जानकारी मिल चुकी है। अब बारी है होमवर्क देने की। घीसू भाई, आपका होमवर्क है गूगल पर सर्च करना 'एन.एस.ई. निफ्टी ऑप्शन चैन' और एन.एस.ई. की साइट पर निफ्टी की ऑप्शन चैन देखना। कल मुझे बताना कि 10,200 की 'एट द मनी' कॉल का अप्रैल सीरीज का प्रीमियम कितना चल रहा है। अभी जब आप यह ऑप्शन चैन देखेंगे तो तीन प्रकार के प्रीमियम दिखेंगे—

'आसक प्राइज', यानी इस प्रीमियम पर कोई कॉल बेचना चाहता है।

'बिड प्राइस', यानी इस प्रीमियम पर कोई कॉल खरीदना चाहता है।

'एल.टी.पी.', अर्थात् लास्ट ट्रेडिंग प्राइज, यानी इस प्रीमियम पर 10,200 की स्ट्राइक प्राइज की कॉल खरीदने का आखिरी सौदा हुआ है तो आप कल मुझे 10,200 की स्ट्राइक प्राइज का एल.टी.पी. तलाश करके बताएँगे कि यह आपका होमवर्क है।"

यह कहकर मैंने घीसू भाई से विदा ली।

इस अध्याय से हमने क्या सीखा ?

1. इस अध्याय को पढ़ने के बाद यदि आप कॉल क्या होती है ? पुट क्या होती है ? आउट ऑफ द मनी, इन द मनी, एट द मनी ऑप्शन क्या होते हैं ? आसक प्राइस, बिड प्राइस, एल.टी.पी. क्या होते हैं ? ऑप्शन चैन क्या होती है ? नहीं बता सकते तो आप यह अध्याय वापस पढ़ें; क्योंकि यह प्रारंभिक ज्ञान है, जो आगे पुस्तक समझने के लिए आवश्यक होगा।
2. कॉलपुट को तब तक राइट नहीं करना चाहिए, जब तक कि

आप कवर्ड कॉल या कॉलपुट रेशो स्प्रेड जैसे एडवांस मेथड्स में पारंगत न हो जाएँ या आपके पास अलग-अलग स्तरों पर राइट करते हुए मार्केट की चाल को प्रभावित करने के लिए पर्याप्त मार्जिन न हो जाए।

□

3

'OTM' ऑप्शन खरीदने के फायदे व नुकसान

अगले दिन घीसू भाई आए तो मेरा पहला प्रश्न उनसे यही था, "अभी 10,200 की कॉल का एल.टी.पी. क्या चल रहा है?"

वह बोले, "सॉरी सर, मैं बहुत व्यस्त हूँ। आजकल गरमियों की छुट्टियाँ चल रही हैं। आइसक्रीम खानेवाले बहुत आते हैं, इसलिए समय ही नहीं मिला गूगल पर सर्च करने का। अब आप ही सर्च करके समझा दीजिए।"

इस पर मुझे मेरे जीवन के पुराने संस्मरण याद आ गए, जो मैंने घीसू भाई को भी सुनाए। हालाँकि ये विषय से हटकर हैं, पर आप जरूर पढ़ें ये संस्मरण; क्योंकि हो सकता है, इन संस्मरणों से भी आपको एक अच्छा शेयर व्यापारी होने के लिए आवश्यक गुणों का कोई संकेत मिल जाए।

मैं (लेखक) अपने जीवन के कॅरियर की प्रारंभिक 3 साल 8 महीने तक भादरा के नेहरू मॉर्डन स्कूल में अध्यापक रहा था। तब मैं 18 वर्ष का था, जब मेरे बारहवीं विज्ञान से पास करने के बाद मेरी मम्मी ने आगे पढ़ाने से इनकार कर दिया था, इसकी वजह थी—बचपन में मेरे पिता का स्वर्गवास हो जाना और घर पर उच्च अध्ययन या डॉक्टरी की पढ़ाई (पी.एम.टी., एम.बी.बी.एस.) करने के पैसे नहीं होना।

मैंने बारहवीं बायोलॉजी से प्रथम श्रेणी में पास की थी और मेरे पढ़ने में होशियार होने की बात वहाँ के एक विशाल मेडिकल स्टोर की चैन

चलानेवाले संचालक को पता चली तो उन्होंने मुझसे कहा कि तेरी सारी पढ़ाई का पी.एम.टी. से लेकर एम.डी. तक का खर्च हम उठा लेंगे और हॉस्पिटल भी बनाकर देंगे; पर शर्त एक ही होगी, जीवन भर उस हॉस्पिटल में मेडिकल स्टोर सिर्फ हमारा ही होगा।

मैं तुरंत उनके खतरनाक इरादे को भाँप गया और उनको इसके लिए विनम्रतापूर्वक इनकार कर दिया।

अब मैंने दिमाग लगाया कि मैं अपनी गरीबी कैसे मिटा सकता हूँ? तो मुझे विचार आया कि मेरे कस्बे के एक बहुत बड़े निजी स्कूल, जिसका नाम 'नेहरू मॉडर्न स्कूल' था, के संचालक मेरे बारहवीं के सरकारी स्कूल में जीव विज्ञान के व्याख्याता भी थे, जिससे वह विज्ञान की पढ़ाई में मेरी होशियारी से परिचित थे। वह यदि मैं उनसे मिलकर उनसे प्रार्थना करता हूँ कि वे मुझे अपने स्कूल में विज्ञान शिक्षक के रूप में रख लेंगे तो शायद बात बन सकती है। मैं उनसे तुरंत जाकर मिला और उनको अपनी गरीबी के बारे में बताकर निवेदन किया कि आप मुझे अपने स्कूल में रख लें। मैं बी.एड. नहीं हूँ, पर बहुत अच्छा पढ़ा सकता हूँ।

वो मेरी गरीबी और मेरी होशियारी दोनों से वाकिफ थे, पर मेरी शक्ल देखकर डर गए कि मैं बच्चा-सा दिखता हूँ, पर मास्टर-सा लगता ही नहीं।

तब वह बोले कि हमारे दो स्कूल हैं, एक पहली से पाँचवीं तक, दूसरी स्कूल छठी से दसवीं तक। आपको सिर्फ प्राइमरी स्कूल में नर्सरी, एल.के.जी., यू.के.जी. कक्षा को पढ़ाने की जॉब दे सकते हैं और वह भी स्टाफ पूरा है, इसलिए सिर्फ आधा दिन की जॉब ही मिलेगी।

आधा दिन के हिसाब से आपको 8 में से सिर्फ 4 पीरियड देंगे और पूरे दिन तक अध्यापन करवानेवाले अध्यापकों को 500 रुपए महीना पगार देते हैं। आपको आधे दिन के 250 रुपए महीना ही मिलेगा।

मैंने ऑफर तुरंत ही स्वीकार कर लिया और 250 रुपए वाली जॉब को इतना मन लगाकर किया कि दूसरी मैडम, जो कक्षा में स्वेटर बुनती थीं (उस समय मोबाइल नहीं थे, आजकल वैसी मैडमें कक्षा में व्हाट्सअप, फेसबुक

चलाती हैं) तब मैं इतना अ से अनार, आ से आम, 1,2,3,4,⋯पढ़ाता था कि चॉक के पाउडर से मेरा सिर, कपड़े व हाथ-पैर तक भर जाते थे।

वे मैडमें मेरे पर बहुत हँसती थीं तथा कहती थीं कि "महेशजी, इतना पढ़ाने पर भी नर्सरीवाले को आप कलेक्टर नहीं बना सकते। आप फालतू ही चॉक से कपड़े खराब करते हो। आप तो टाइमपास करके 250 रुपए पक्के कर लिया करो।"

"जब स्कूल की संचालिका महोदया या हेड मिस्ट्रेस, जो स्कूल संचालक की धर्मपत्नी थीं, आती दिखें तभी आप हमारी तरह पढ़ाओ, बाकी मौज करो।"

पर मैंने उनकी बातों को अनसुना कर दिया, क्योंकि मैं आगे बढ़ना चाहता था और हराम की कमाई न लेकर हलाल की कमाई करना चाहता था।

आगे मेरी मेहनत स्कूल के संचालकों से छिपी नहीं रह सकी तथा मात्र 15 दिन में उन्हानें खुश होकर मेरी जॉब पार्ट टाइम से फूल टाइम कर दी और मेरे वेतन में 15 दिन में ही 100 प्रतिशत का इजाफा हो गया, अर्थात् अब मेरा वेतन 250 रुपए से 500 रुपए महीना हो गया।

30 दिन में मेरा प्रमोशन प्राइमरी से माध्यमिक स्कूल में कर दिया गया और वेतन में फिर 100 प्रतिशत इजाफा 500 रुपए से 1,000 रुपए महीना।

दो माह में सिर्फ नौवीं व दसवीं कक्षा में विज्ञान व गणित पढ़ानेवाले बी.एस.सी., बी.एड. अध्यापकों के स्थान पर मुझ बारहवीं पास और इग्नू से ओपन में बी.एस.सी. अध्ययनरत को विज्ञान व गणित का अध्यापक बना दिया गया और वेतन में फिर इजाफा। बाद में मैंने इग्नू से ओपन से बी.एस-सी. कर ली।

अत: चूँकि मैं तीन साल आठ महीने तक अध्यापक रहा था, अत: घीसू भाई जैसे होमवर्क नहीं करनेवाले छात्रों से निपटना मुझे अच्छे से आता था। इसलिए संस्मरण सुनाने के साथ ही मैंने मेरी शर्त का उल्लंघन करने पर घीसू भाई को आगे पढ़ाने से इनकार कर दिया। वह बोले, "अरे

सर, कोई फर्क नहीं पड़ता। मुझे टाइम नहीं मिला आप तो खाली बैठे हैं। आप ही इंटरनेट खोलकर एन.एस.ई. की ऑप्शन चैन दिखा दीजिए।" पर मैं एक सख्त अध्यापक की तरह नहीं माना और घीसू भाई को कहा कि जब तक वो होमवर्क पूरा करके नहीं आएँगे, तब तक नहीं पढ़ा सकता।

उन्होंने उसी वक्त मोबाइल पर 'एन.एस.ई. निफ्टी ऑप्शन चैन' सर्च करने की कोशिश की; पर मैंने उन्हें कहा कि ऐसा करने पर भी मैं उन्हें हमेशा के लिए आगे ज्ञान देने से इनकार कर दूँगा।

"आपको घर पर जब भी सोशल मीडिया से समय मिले, यह तलाश करके और याद करके आना होगा कि निफ्टी की 10,200 की कॉल का अप्रैल सीरीज का एल.टी.पी. क्या है, तो ही आपको आगे ज्ञान मिलेगा।"

अगले दिन जब घीसू भाई आए तो वह ऑप्शन चैन में निफ्टी 10,200 की स्ट्राइक प्राइज की कॉल का लास्ट ट्रेडेड प्राइज देखकर आए थे, जो कि 176 रुपए था, अर्थात् आखिरी बार किसी ने 10,200 की कॉल 176 रुपए प्रीमियम पर खरीदी थी। इसके लिए खरीदार ने 176×75=13,200 प्रीमियम चुकाया है। अब यदि महीने के आखिरी गुरुवार की निफ्टी 10,200 में 176 जोड़कर 10,376 तक ही रहता है, इस कॉल के खरीदार को कोई फायदा नहीं होगा। मान लो, निफ्टी एक्सपायरी पर 10,300 पर बंद होता है तो खरीदार को 75×100=7,500 मिलेंगे, जबकि उसने प्रीमियम 13,200 चुकाया है। एक प्रकार से उसको 5,700 रुपए का नुकसान ही होगा।

जब मैं घीसू भाई को पढ़ा रहा था, तब मेरी पत्नी के कानों में भी ऑप्शन ट्रेडिंग की बात आ गई। उसने जो आधा-अधूरा ज्ञान उड़ते-उड़ते सुनकर लिया, उसके आधार पर वह मुझसे बोली, "क्यों जी, आप तो ऑप्शन ट्रेडिंग नहीं करते, जबकि इसमें फायदा ज्यादा है?"

मैंने समझाया, "देखो, मैं सरकारी कर्मचारी हूँ। ऑप्शन एक प्रकार की ट्रेडिंग है, जो व्यापार की श्रेणी में आता है। सरकारी कर्मचारी सेवा नियमों के अनुसार नौकरी के साथ-साथ व्यापार नहीं कर सकता।"

मेरी पत्नी बोली, "तो क्या हुआ, मैं तो सरकारी कर्मचारी नहीं हूँ,

इसलिए मैं व्यापार कर सकती हूँ।"

मैंने समझाया, "देखो, ऑप्शन ट्रेडिंग बहुत खतरनाक है। तुम इसमें बगैर पूरा समझे हाथ मत डालना। तुम तो खाना बहुत अच्छा बनाती हो। तुम्हारे खाने का यू-ट्यूब चैनल 'सीमा की रसोई' अच्छा-खासा लोकप्रिय है। उसमें तुम्हें विज्ञापनों से अच्छी-खासी आय भी हो रही है और थोड़ा-बहुत कैश मार्केट में शेयरों में निवेश भी कर रही हो। यदि बगैर रणनीति के ऑप्शन में हाथ डाला तो तुम्हारी 'सीमा की रसोई' की कमाई डूब जाएगी।"

यह सुनकर मेरी पत्नी उदास हो गई। बोली, "मैं कौन-सा बड़ी राशि का निवेश करूँगी, मैंने भी अडानी पावर के शेयर की ऑप्शन चैन देखी है।"

स्टॉक 32 पर ट्रेड कर रहा है। अडानी पावर का 20,000 का लॉट है।

मैं तो 0.05, 0.10 पैसे प्रीमियम की 'आउट द मनी' कॉल खरीदकर ट्राई कर लूँगी।

मैं खतरा भाँप गया। मैंने अनाड़ी बनकर पूछा, "कैसे थोड़ा विस्तार में बताओ?"

उसने मुझे अडानी पावर की ऑप्शन चैन दिखाई कि अडानी पावर अभी 32 पर ट्रेड कर रहा है। इसकी ऑप्शन में 30, 32.50, 35, 37.50, 40, 42.50, 45, 47.50 की स्ट्राइक प्राइज है।

यदि मैं 30 की 'इन द मनी' कॉल लेती हूँ तो 3.70 पैसे प्रीमियम चल रहा है, अर्थात् 3.70×20,000=74,000 प्रीमियम देना पड़ता है; पर मैं तो 47.50 की कॉल लूँगी। उसकी प्रीमियम मात्र 0.25 पैसे है, अर्थात् 0.25×20,000=5,000 रुपए प्रीमियम पर काम बन जाएगा।

मैंने पूछा, "इससे क्या फायदा होगा? क्या तुम समझती हो कि एक्सपायरी तक अडानी पावर का शेयर 32 रुपए से बढ़कर 48 रुपए तक चला जाएगा?"

"नहीं, मैं भी जानती हूँ कि शायद एक्सपायरी तक इसका भाव बढ़कर 47.50 से ऊपर न जाए; परंतु जैसा कि आपने बताया कि प्रीमियम भी शेयरों के भाव की तरह बढ़ता-घटता रहता है। इसका भाव 47.50 तक जाएगा

या नहीं। यह तो मुझे नहीं पता, पर यदि 32 से बढ़कर 36 या 38 तक भी हो गया तो 47.50 की कॉल का प्रीमियम 0.25 पैसे से बढ़कर 0.50 पैसे तो हो ही जाएगा। तब मैंने जो 20,000×0.25=5,000 का निवेश किया है, उस पर 5,000 का मुनाफा मिल जाएगा।"

इस पर मैंने उसे समझाया, "ऑप्शन ट्रेडिंग में किसी भी शेयर का प्रीमियम दो कारकों से तय होता है—

1. इंट्रिंसिक वैल्यू (आंतरिक मूल्य)
2. टाइम वैल्यू (समय का मूल्य)

ऑप्शन का प्रीमियम=इंट्रिंसिक वैल्यू+टाइम वैल्यू

"अभी आपके अडानी पावर का जो शेयर 32 रुपए पर ट्रेड कर रहा है, उसकी 30 की कॉल का प्रीमियम मान लो, 3.75 रुपए है तो इस 3.75 रुपए में 2 रुपए तो इंट्रिंसिक वैल्यू (आंतरिक मूल्य) है, क्योंकि यदि आज ही सेटलमेंट होता तो आपको 30 की कॉल पर 2 रुपए का मुनाफा मिलता (शेयर का भाव आज 32 रुपए है, इसलिए), परंतु प्रीमियम 3.75 रुपए है तो इसमें से 2 रुपए आंतरिक वैल्यू कम करते हैं तो 1.75 रुपए बचता है। ये 1.75 रुपया टाइम वैल्यू है।

"अर्थात् सेटलमेंट में अभी 20-22 ट्रेडिंग दिन बाकी है तो मार्केट को उम्मीद है कि इस 20-22 दिन में अडानी पावर का मूल्य 32 से और भी आगे बढ़ सकता है। इसलिए कॉल राइटर आपसे जो 1.75 रुपए ज्यादा माँग रहा है, वह टाइम वैल्यू है।

"इसी प्रकार आपकी जो 47.50 की कॉल पर जो प्रीमियम 0.25 पैसे हैं, वह शुद्ध टाइम वैल्यू ही है, क्योंकि शेयर के वर्तमान भाव स्ट्राइक प्राइज 47.50 से कम है। अतः इससे आंतरिक मूल्य तो शून्य है, जो 0.25 पैसे है, वह टाइम की वैल्यू ही है, जैसे-जैसे सेटलमेंट का आखिरी गुरुवार नजदीक आता जाएगा, वैसे-वैसे इस टाइम वैल्यू का ह्रास होता जाएगा। यह कम होकर 0.20, 0.15, 0.10, 0.05 ही रह जाएगी; क्योंकि मार्केट

का पता है। अब एक्सपायरी में समय कम रह गया है, अब कोई 47.50 का भाव आने वाला नहीं है।

"इसी प्रकार जो 30 की कॉल थी, मान लो, शेयर का भाव एक्सपायरी में 4 ट्रेडिंग सेशन से पहले 36 पर चल रहा है, तब आप देखेंगे कि 30 की कॉल पर प्रीमियम अब 5.75 ही रह गया है (यह कोई फिक्स नहीं है, यह 5.75 की जगह 5.80, 6.00 या 6.10 भी हो सकता है। यहाँ जो उदाहरण दिए गए हैं, वे समझाने के लिए अनुभव के आधार पर दिए गए हैं) इसमें आंतरिक वैल्यू क्या है?

"स्ट्राइक प्राइज 30 रुपए है तथा वर्तमान बाजार मूल्य 36 रुपए है तो आंतरिक वैल्यू स्वाभाविक है कि 6 रुपए ही होगी।"

"फिर प्रीमियम 5.75 कैसे हुआ?"

"यहाँ टाइम वैल्यू नेगेटिव है। टाइम वैल्यू शून्य से भी कम होकर (–)0.25 रह गई है, अर्थात् प्रीमियम=आंतरिक मूल्य+समय का मूल्य

=6++(–0.25)

=5.75

"क्योंकि मार्केट को लगता है, शेयर 36 से ऊपर बढ़ने की संभावना नहीं है तथा चार दिन बचे हैं, उसमें उलटा गिर भी सकता है। इसलिए टाइम वैल्यू माइनस में हो गई है।

"याद करो मेरे पहले के उदाहरण को, जिसमें मैंने जब अडानी पावर 32 पर था तो उसका उदाहरण दिया तथा सीरीज की शुरुआत ही हुई थी। उस समय 30 की कॉल पर टाइम वैल्यू 1.75 रुपए थी और आंतरिक वैल्यू 2 रुपए थी; परंतु जैसे-जैसे समय बीता, शेयर का भाव बढ़ने से उसकी आंतरिक वैल्यू तो बढ़कर 2 रुपए से 6 रुपए हो गई, पर टाइम वैल्यू 1.75 से घटकर माइनस में –0.25 रह गई।

"यदि भाव बढ़ने की जगह घटकर 31.40 पर चल रहा होता तो आंतरिक वैल्यू भी 1.40 ही रह जाती और टाइम वैल्यू का पता नहीं थोड़ी-बहुत टाइम वैल्यू मिलती या गिरने की संभावना से टाइम वैल्यू हो सकता

है कि माइनस में होती, अर्थात् यदि मार्केट प्राइस एक्सपायरी के चार दिन पहले 31.40 हो गया होता तो आपको 30 का कॉल ऑप्शन 1.40 या 1.45 के प्रीमियम पर ही मिल जाता, जो सीरीज की शुरुआत में 3.75 के प्रीमियम पर था।

"तो कुल मिलाकर बात यह है कि 'आउट ऑफ मनी ऑप्शन' खरीदना समझदारी का काम नहीं है। यह एक प्रकार का जुआ है। इसमें आपका प्रीमियम पूरा डूबने का खतरा होता है, क्योंकि 'आउट ऑफ मनी ऑप्शन' में आंतरिक वैल्यू तो कुछ होती नहीं। थोड़ा-बहुत जो प्रीमियम होता है, वह पूरा-का-पूरा टाइम वैल्यू से बनता है, जो एक्सपायरी के पास आते-आते खत्म हो जाती है।"

सीमा ने कहा, "मेरे पास इसका एक आइडिया है।"

उसने अपनी होशियारी का परिचय देकर जो बताया, वह आप पाठकों को भी ध्यान से पढ़ना चाहिए, क्योंकि यह वो तथ्य है, जो ऑप्शन ट्रेडिंग का मूल सिद्धांत है और एक प्रकार से ऑप्शन ट्रेडिंग की आत्मा है।

सीमा ने समझाया, "देखो, अडानी पावर का एक शेयर 32 रुपए पर ट्रेड कर रहा है। यदि मैं इसके 20,000 शेयर 32 पर खरीदती हूँ तो मुझे 2,000×32=6,40,000 रुपए निवेश करने की आवश्यकता होती। यदि मैं 47.50 की कॉल खरीदती हूँ और महीने भर होल्ड रखती हूँ तो मेरा प्रीमियम 5,000 रुपए ही खर्च हुआ; पर मैंने एक प्रकार से 47.50×20,000=9,50,000 के शेयरों को होल्ड करने का लाभ ले लिया।

"यदि पूरे महीने 47.50 का भाव नहीं आएगा तो मेरा जो प्रीमियम का नुकसान 5,000 रुपए होगा, वह तो मैं समझूँगी कि एक प्रकार से 9.50 लाख का 6.40 प्रतिशत साधारण ब्याज से एक महीने का ब्याज ही हो गया।

"मैं अगले महीने फिर 47.50 की कॉल ले लूँगी। इस प्रकार तब तक करती रहूँगी, जब तक 47.50 से ऊपर भाव नहीं आ जाए। इसमें दो-तीन महीने जो प्रीमियम जाएगा, वो मैं मानूँगी कि सिर्फ ब्याज गया है।"

मैंने कहा, "आपने ऑप्शन ट्रेडिंग की आत्मा को पकड़ा है। इसे कॉस्ट ऑफ होल्डिंग कह सकते हैं; पर यह बात सिर्फ इन द मनी कॉल के लिए तो लागू होती है, जैसे आप अडानी पावर यदि 32 पर है तथा 3.75 प्रीमियम देकर 20,000×3.75=75,000 में 30 रुपए वाली इन द मनी कॉल खरीदते हैं, तब तो समझ में आता है कि 75,000 आपकी कॉस्ट ऑफ होल्डिंग है; क्योंकि यदि आप कैश मार्केट में 32 के भाव पर 20,000 शेयर खरीदकर होल्ड करते तो आपको 6.40 लाख रुपए का निवेश करना पड़ता, पर ऑप्शन में 75,000 में ही काम बन गया।

"ऐसे में यदि एक्सपायरी का शेयर 35 पर बंद होता तो आपको 30 की कॉल होल्ड करने से 5×20,000=1 लाख रुपए मिल सकते थे।

"ऑप्शन ट्रेडिंग का मूल मंत्र तो यही है कि आपको कम निवेश पर बड़ी लीवरेज पोजीशन मिल जाती है। (लीवरेज पोजीशन का अर्थ है—उधार लिये पैसों से लिये गए शेयर) ऑप्शन में लीवरेज का अर्थ है कि आप प्रीमियम 75,000 देकर अडानी पावर के 20,000 शेयरों की पोजीशन खरीद लेते हैं, जिसके लिए आप यदि कैश मार्केट में खरीदते हैं तो आपको 32 के बाजार भाव से 20,000 शेयरों के 6.40 लाख रुपए देने पड़ते, पर 75,000 में आपको वही फायदा उधार में मिल गया एक्सपायरी के दिन। यदि इस 6.40 लाख की लीवरेज होल्डिंग पर कुछ फायदा होगा तो आपको मिल जाएगा, नहीं तो इस लीवरेज पोजीशन को खरीदने के लिए आपका चुकाया गया प्रीमियम 75,000 चला जाएगा, जो कि आपकी कॉस्ट ऑफ होल्डिंग है। आप अगले महीने वापस इन द मनी कॉल लेकर अपनी होल्डिंग बनाए रख सकते हैं।

"इसमें प्रीमियम 75,000 जाने का दुःख इसलिए नहीं होता, क्योंकि यदि अगले महीने 32 से शेयर गिरकर 26 पर आ गया तो अब आप 26 की 'इन द मनी कॉल' खरीदेंगे, यदि 32 पर कैश में 20,000 शेयर खरीदे होते तो 32 से 26 तक गिरने पर 6 रुपए की गिरावट पर आपकी होल्डिंग 1,20,000 के नोशनल लॉस में आ गई होती। यहाँ 75,000 का गया हुआ प्रीमियम भी

नोशनल लॉस है, क्योंकि आपने 26 की इन द मनी कॉल फिर से ले ली है। अब शेयर बढ़कर 32 भी हो गया तो आपको 1,20,000 का मुनाफा होगा, जिसमें आपका नोशनल लॉस 75,000 वाला रिकवर हो जाएगा। ऐसा मानकर बड़े निवेशक कैश की जगह कॉलपुट से ही काम चला देते हैं।"

सीमा बोली, "तो मैं भी तो वही कर रही हूँ।"

मैंने कहा, "पर इनके लिए इन द मनी कॉल लेनी पड़ती है। आप ओ.टी.एम. कॉल लेना चाहती हैं, वह कॉस्ट ऑफ होल्डिंग नहीं होकर शुद्ध जुआ है।"

सीमा को उदास देखकर मैंने आगे समझाने का विचार त्याग दिया, क्योंकि उस माह मैं भी अडानी पावर के प्रति बुलिश था। मैंने उस माह अडानी पावर के 200 डी.एम.ए. के ऊपर ब्रेकआउट होने से मैंने अपनी ट्रेडिंग की रिकमंडेशंस के लिए अडानी पावर का चयन किया था। मैंने भी सोचा, यदि सीमा का दाँव सही गया और अडानी पावर एकदम ब्रेकआउट होकर 40–45 पर आ गया तो उसका हौसला बढ़ जाएगा और आगे धीरे-धीरे उसको समझा देंगे कि ओ.टी.एम. कॉलपुट लेना स्वास्थ्य के लिए हानिकारक है (आपके ट्रेडिंग स्वास्थ्य के लिए)। फिर क्या हुआ? फिर होना क्या था? फिर वही हुआ, जो आमतौर पर छोटे निवेशकों के साथ होता है। असल में मैंने एक अंग्रेज लेखक की पुस्तक पढ़ी थी। उसमें लेखक ने लिखा था कि 'ऑप्शन ट्रेडिंग की रचना इस प्रकार से की गई है कि बड़े निवेशक की जेब से पैसा निकलकर छोटे निवेशक की जेब में आ जाए।' तो लेखक ने सही कहा था कि सीमा को उस महीने 20,000 रुपए का नुकसान हुआ।

आप पूछेंगे कि 20,000 का नुकसान कैसे हुआ? मैडम ने तो 5,000 प्रीमियम ही चुकाया था। आप सही हैं, मैडम को 5,000 का ही नुकसान होना था। पर आम छोटे निवेशकों की तरह मैडम बहुत कॉन्फिडेंट थीं। उन्होंने अडानी पावर के साथ-साथ अशोक लीलेंड एवं बैंक ऑफ इंडिया में भी दूर की कॉलें (आउट द मनी) सस्ते में ले ली थीं, सोचा, तीनों में से

एक-दो तो बढ़ ही जाएगी। फिर जो एक या दो नहीं बढ़ेंगी, उनमें अगली सीरीज की कॉल लेकर होल्डिंग को कैरी फॉरवर्ड कर दूँगी।

यह दिसंबर 2017 का महीना था। एक्सपायरी तक अडानी पावर 32.40 से बढ़कर 40 तक बंद हुआ। यदि मैडम ने लालच नहीं करके 30 की इन द मनी कॉल ली होती तो लगभग 2 लाख का मुनाफा होता, पर मैडम के पास 47.50 की कॉल थी और शेयर बहुत दिनों तक 35-36-37 पर ट्रेड करता रहा, तब तक टाइम वैल्यू समाप्त हो गई। प्रीमियम 0.25 से 0.20, 0.15, 0.10, 0.05 ही रह गया। लास्ट में एक्सपायरी के पास 47.50 की ओ.टी.एम. कॉल का कोई खरीदार नहीं होने से एक्सचेंज नें इसमें ट्रेडिंग ही बंद कर दी और मैडम का पूरा प्रीमियम चला गया। ऐसा ही अशोक लीलेंड व बैंक ऑफ इंडिया की दूर की ली गई कॉलों में हुआ।

आप कहेंगे तो क्या हुआ, मैडम ने कैरी फॉरवर्ड करने को बोला था, इसलिए उन्होंने अगली सीरीज में फिर से 47.50 की कॉल में होल्डिंग ले ली होगी। जनवरी 2018 में तो 47.50 का भाव आ भी गया था, इसलिए प्रीमियम बढ़ जाने से मैडम का नुकसान रिकवर भी हो गया होगा।

पाठको, कहना जितना आसान होता है, करना उतना आसान नहीं होता।

मैडम के 20,000 चले गए। अब अडानी पावर जनवरी की सीरीज में 40.50 के लगभग ट्रेड कर रहा था। तब 47.50 की कॉल पर प्रीमियम 0.25 न होकर 0.75 माँगा जा रहा था, अर्थात् अब मैडम वापस 47.50 की कॉल ले लें तो उन्हें 15,000 प्रीमियम देना पड़े, जो देने की उसकी हिम्मत ही नहीं थी, क्योंकि ऐसे ही अशोक लीलेंड, बैंक ऑफ इंडिया में कैरी फॉरवर्ड करे तो पिछले महीने 20,000 प्रीमियम ही डूबा था, इस महीने 40,000 प्रीमियम और चाहिए।

मैडम समझ गईं, यह तो बहुत खतरनाक है। ऐसे तो उनकी सारी कमाई डूब जाएगी।

असल में इनसान कभी भी दूसरों की गलतियों से नहीं सीखता।

वह खुद गलती करता है, फिर सीखता है।

अब मैं व्याख्या कर दूँ कि सीमा की जगह कोई बड़ा निवेशक होता, जिसके पास बड़ी नेटवर्थ होती और वह ऑप्शन का प्रयोग लीवरेज पोजीशन बनाने में करता तो क्या होता?

5 दिसंबर, 2017 को जब अडानी पावर 33.50 पर ट्रेड कर रहा था, तब अडानी पावर की 32.50 रुपए की कॉल इन द मनी कॉल ऑप्शन में थी। आपको मैं पहले समझा चुका हूँ कि यदि कॉल का स्ट्राइक प्राइस शेयर के बाजार मूल्य से कम हो तो वह कॉल इन द मनी कॉल होती है।

यह बात दिनांक 5 दिसंबर, 2017 की है। इस दिन 32.50 की कॉल पर प्रीमियम 2.10 से 2.70 के बीच रहा था, अर्थात् यदि कोई बड़ा निवेशक कैश मार्केट में अडानी पावर के 20,000 शेयर 33.50 पर खरीदता तो उसको कम-से-कम 6,70,000 रुपए का निवेश करना पड़ता, परंतु वह यदि 32.50 की कॉल लगभग 2.50 प्रीमियम पर खरीदता तो उसको 50,000 रुपए ही निवेश करने पड़े। पर उसको 50,000 पर भी वही लाभ मिलेगा, जो 6,70,000 की खरीदारी पर मिलता। दिसंबर 2017 के माह में 28 दिसंबर, 2017 को ऑप्शन की एक्सपायरी थी। इस दिन अडानी पावर का शेयर एन.एस.ई. पर 40.70 रुपए पर बंद हुआ था।

ऐसे में 32.50 की कॉल खरीदनेवाले इस बड़े निवेशक को प्रति शेयर 40.70−32.50=8.20 रुपए का लाभ मिलकर 20,000 शेयरों पर 1,64,000 रुपए मिल जाते।

अब अगले महीने वही निवेशक यदि अपनी पोजीशन बनाए रखने के लिए जनवरी सीरीज में, फरवरी सीरीज में, मार्च सीरीज में, अप्रैल सीरीज में 'इन द मनी कॉल ऑप्शन' खरीदता रहता तो उसको हर महीने प्रीमियम का लगभग 40,000−50,000 का नुकसान होते-होते दिसंबर में जो लाभ हुआ था, वह सब पूरा खत्म हो जाता, परंतु यदि अभी वह बड़ा निवेशक (अप्रैल 2018 में) जब अडानी पावर का मार्केट प्राइज 26 रुपए चल रहा है, तब 25 रुपए की कॉल लिये बैठा होता पर वास्तव में उसने कुछ भी

नहीं गँवाया, क्योंकि यदि वह 5 दिसंबर, 2017 को 6,70,000 खर्च करके अडानी पावर के 20,000 शेयर कैश में खरीदता तो दिसंबर 2017 से अप्रैल 2018 तक उसको 6,70,000 रुपए के बैंक ब्याज का नुकसान भी उठाना पड़ता, जो लगभग 7 प्रतिशत की दर से भी गणना करें तो 6,70,000 का 7 प्रतिशत की दर से चार महीने का ब्याज ही 15,633 रुपए हो जाता और ऊपर से अप्रैल 2018 में अभी बाजार भाव 25.50 चल रहे हैं। इससे भी उसका पोर्टफोलियो लगभग 1,60,000 नुकसान में आ जाता तथा जब तक भाव बढ़कर 33.50 से ऊपर नहीं हो जाता, तब तक उसको अपनी होल्डिंग पर कोई लाभ नहीं मिलता; परंतु यहाँ यदि वह व्यक्ति हर महीने इन द मनी कॉल लेता रहता तो जैसे ही प्राइज बढ़ेंगे, उसको लाभ मिलना चालू हो जाएगा।

तो यह है ऑप्शन का मूल सिद्धांत, जिसमें कम पैसों में बड़ी पोजीशन ले सकते हैं। आशा है, आपको समझ में आ गया होगा कि ऑप्शन मूल रूप से कम प्रीमियम खर्च करके लीवरेज पोजीशन बनाने के लिए बने थे; पर आउट ऑफ द मनी कॉल लेना लीवेरेज पोजीशन लेना नहीं है, वह तो एक प्रकार का सट्टे जैसा है।

इस अध्याय में ऑप्शन के मूल सिद्धांत हमने समझे। वास्तव में ऑप्शन का एक और सदुपयोग भी होता है, वह हेजिंग टूल के रूप में होता है, जैसे आप कैश मार्केट में निफ्टी बीज के 7,500 शेयर खरीदकर होल्ड करते हैं तो 75 निफ्टी होल्ड करने के बराबर होता है, क्योंकि निफ्टी बीज ई.टी. एफ. की वैल्यू निफ्टी की 1/100 मानी जाती है। अब आप अपनी होल्डिंग को सुरक्षित रखने के लिए निफ्टी के 75 के लॉट की 1 पुट खरीद लेंगे तो आपकी होल्डिंग का एक प्रकार से बीमा हो जाएगा, अर्थात् यदि निफ्टी गिर गया तो आपकी पुट पर आपको उतना ही लाभ हो जाएगा, जितना आपको 7,500 ई.टी.एफ. शेयर पर नुकसान होता। तो यह एक प्रकार से बीमा हुआ। इसीलिए बीमा के प्रीमियम की तरह ऑप्शन खरीदने के लिए आप जो राशि अदा करते हैं, उसे 'प्रीमियम चुकाना' कहते हैं। पर आप

इसमें ट्रेड करके मुनाफा कमाना चाहते हैं तो आपका बहुत ही सतर्क रहना पड़ेगा। इसके लिए इस पुस्तक में आगे बहुत-सी विधियाँ आपको बताई जाएँगी। उनको समझकर पेपर ट्रेड से अभ्यास करके, फिर आपको आगे बढ़ना चाहिए।

घीसू भाई ऑप्शन को लेकर बहुत उत्साहित थे। वह बोले, "सर, ऑप्शन तो बहुत एडवांस मेथड होगा?" उनके खयाल से शेयरों में सीधे खरीद-फरोख्त की तुलना में ऑप्शन कॉण्ट्रेक्टस कोई नया आविष्कार हुआ होगा। इसलिए मैंने सर्वप्रथम घीसू भाई को ऑप्शन ट्रेडिंग के इतिहास के बारे में बताने का निर्णय लिया।

अगले अध्याय में आप ऑप्शन ट्रेडिंग का इतिहास जानेंगे।

इस अध्याय से हमने क्या सीखा?

1. कॉल का मूल उपयोग लीवरेज पोजीशन बनाने के लिए किया जाता है; परंतु बगैर किसी रणनीति के सीधे ही कॉलपुट खरीदना आपकी बहुत सारी पूँजी को डुबा सकती है। इसलिए आपको कॉलपुट खरीदने-बेचने के लिए इस पुस्तक में बताई गई रणनीतियों का अभ्यास करके उनमें परंपरागत होने के बाद ही उपयोग करना चाहिए।
2. ऑप्शन मूल रूप से कम प्रीमियम खर्च करके लीवरेज पोजीशन बनाने के लिए बने थे, पर 'आउट ऑफ द मनी कॉल' लेना लीवरेज पोजीशन लेना नहीं है। वह तो एक प्रकार के सट्टे जैसा है।
3. पुट एक प्रकार का होल्ड किए हुए शेयरों का बीमा है। पुट का मूल उपयोग अपनी वर्तमान पोजीशन को नुकसान से बचाने के लिए 'हेजिंग टूल' के रूप में किया जाता है।
4. ऑप्शन के प्रीमियम में दो प्रकार के मूल्य शामिल होते हैं—एक, आंतरिक मूल्य; दूसरा, समय का मूल्य। 'समय का मूल्य' समय के साथ-साथ कम होने लगता है, इसलिए यदि

आपके शेयर के भाव में कोई गिरावट नहीं भी होती है, फिर भी आपने यदि कॉल ऑप्शन खरीद रखा है तो एक्सपायरी के पास आने के साथ-साथ उसका मूल्य घट जाएगा, क्योंकि 'समय का मूल्य' कम होने लगता है।

□

4

ऑप्शन ट्रेडिंग का इतिहास

जैसा कि घीसू भाई सोचते थे या जैसा कि भारत में ज्यादातर लोग सोचते हैं कि ऑप्शन ट्रेडिंग बहुत एडवांस्ड मेथड होगा, पर ऐसा नहीं है। दुनिया में ऑप्शन की शुरुआत सन् 1630 के आसपास हॉलैंड में हो गई थी। उस समय डच लोगों की अर्थव्यवस्था दुनिया में काफी ताकतवर अर्थव्यवस्था थी।

पर उस समय के लोगों में जल्दी अमीर बनने का एक पागलपन का दौर चला, जिसे इतिहास में 'ट्यूलिप मैनिया' के नाम से जाना जाता है। इस पागलपन के दौर में लोग 'ट्यूलिप बल्ब' महँगे-से-महँगे दाम पर खरीदने को तैयार थे।

'ट्यूलिप' एक सजावटी फूलों का पौधा होता है, जिसका प्याज जैसा बल्ब होता है तथा यह इस बल्ब से उगाया जाता है। एक प्याज (ट्यूलिप बल्ब) से एक खूबसूरत फूल उगता है, जो आप इस फोटो में देख सकते हैं—

उस समय लोगों में ट्यूलिप बल्ब का ऐसा पागलपन सवार हुआ था कि एक-एक ट्यूलिप का बल्ब 10 से 15 बार मुनाफा कमाकर आगे से आगे बेच दिया जाता था।

सन् 1637 के एक डच कैटलॉग में एक विशेष प्रकार के ट्यूलिप बल्ब की कीमत 3,000 से 4,200 गुइल्डर आँकी गई थी। गुइल्डर डच मुद्रा थी। आज भी (10 मई, 2020 को) एक नीदरलैंड गुइल्डर की कीमत भारतीय मुद्रा में 42.10 रुपए है।

उस समय डच लोगों में एक हुनरमंद कारीगर की पूरे साल की आय 300 गुइल्डर होती थी, जबकि एक ट्यूलिप बल्ब 3,000 से 4,200 गुइल्डर में मिलता था। उस समय ट्यूलिप लोगों में स्टेटस सिंबल बन गया था कि आपके गमले में ट्यूलिप लगा है तो ही आप अमीर हैं, वरना नहीं हैं।

ट्यूलिप में पागलपन का नाम आए और पागलपन के साथ वायरस का नाम नहीं लिया जाए, ऐसा हो नहीं सकता।

असल में, ट्यूलिप में एक वायरस होता था—'मोजेक वायरस'। उसके कारण ही उसके रंग में आग की लपटों जैसी धारियाँ बनती थीं, जो उस समय के प्रेमी जोड़ों के दिलों में आग लगा देती थीं। अब बीज से कोई ट्यूलिप लगाए तो उसका रंग धारियों वाला नहीं होता तो बीज से फूल खिलने में 7–8 साल लगतीं, वो भी बगैर मोजेक वायरसवाला फूल होने से उस पर धारियाँ नहीं होतीं, जो प्रेमिकाओं को ज्वाला की लपटों जैसा नहीं लगता था। इसलिए

बल्ब की डिमांड थी। बल्ब वायरस से इन्फेक्टेड होते थे, जिससे उनके फूलों पर धारियाँ होती थीं।

अब ट्यूलिप के बल्ब तो जून से सितंबर माह में ही निकलते थे, अर्थात् कैश या स्पॉट मार्केट सिर्फ जून-सितंबर तक चलता था। तब तक व्यापारियों ने फ्यूचर कॉण्ट्रेक्ट की विधि ढूँढ़ निकाली। व्यापारी ट्यूलिप के बल्बों का अग्रिम सौदा फ्यूचर फॉरवर्ड कॉण्ट्रेक्ट से कर लेते थे। यह कॉण्ट्रेक्ट भी आगे-से-आगे महँगे दामों पर बिकने लगे, जो भी ट्यूलिप बल्बों का कॉण्ट्रेक्ट खरीदता, वो यह सोचता कि वो इस मुनाफा कमाकर आगे बेच देगा।

डच लोग सन् 1610 में भी फाइनेंशियल मार्केट में बहुत आगे थे। उन्होंने 1610 में ही शार्ट सेलिंग को बैन कर दिया था। अब चूँकि शॉर्ट सेलिंग बैन थी, इसलिए व्यापारी, जो ये ट्यूलिप बल्ब उनके पास स्टॉक में न होते हुए भी जो अग्रिम बेचने का सौदा कर लेते थे, वो एक प्रकार से शॉर्ट सेलिंग ही थी। इसलिए चूँकि यह गैर-कानूनी थी, इसलिए इसे सुरक्षित समझा जाता था; क्योंकि गैर-कानूनी होने के कारण यदि कॉण्ट्रेक्ट खरीदनेवाले को नुकसान होता तो वह डील पूरी करने से इनकार कर सकता था, अर्थात् वो ट्यूलिप खरीदने से मना भी कर देता तो नीदरलैंड के कानून के तहत उस पर कोई मुकदमा नहीं चल सकता था।

नवंबर 1636 से फरवरी 1637 में यह पागलपन बढ़ता गया। ट्यूलिप के कॉण्ट्रेक्ट लोग सुरक्षित मानकर खरीदते थे और मुनाफा लेकर आगे बेच देते थे।

इससे नीदरलैंड में बहुत से लोग बहुत अमीर हो गए और जो अमीर नहीं बने थे, वे ट्यूलिप कॉण्ट्रेक्ट खरीदकर अमीर बन जाना चाहते थे।

घीसू भाई सोच रहे थे कि वह बहुत पीछे रह गए। यह वास्तव में अमीर बनाने की कोई विशेष कला सिखाई जा रही है, इसलिए वो जल्दबाजी करते हुए मुझे बीच में टोककर बोले, "फिर क्या हुआ?" मैं हँसा, "फिर होना क्या था, वो ही हुआ, जो अकसर शेयर बाजार वालों के साथ होता है।" फरवरी 1637 में नीदरलैंड के हरलीम कस्बे से प्लेग नामक महामारी फैल गई। लोग प्लेग फैलने से डर कर घरों में कैद होने लगे (जिसे आजकल लॉकडाउन,

आइसोलेशन, क्वारंटाइन कहते हैं)। लोगों की अर्थव्यवस्था तबाह होने से अब उनका ट्यूलिप के फूलों से मोहभंग हो गया था। प्रेमी जोड़ों को अब प्यार से ज्यादा प्लेग की टेंशन थी। अब स्टेटस सिंबल से ज्यादा 'जीना' व 'खाना' महत्त्वपूर्ण था।

इसलिए अब लोगों ने महँगे दामों पर ट्यूलिप के कॉण्ट्रेक्ट खरीदने से इनकार कर दिया। ट्यूलिप के बाजार में अब कोई खरीदार नहीं रहा, जिससे ट्यूलिप की कीमतें धराशायी होकर एक साधारण फूल की कीमत में बदल गईं। लोगों में हाहाकार मच गया, उनका पैसा ट्यूलिप कॉण्ट्रेक्ट में फँस गया। आखिरकार 24 फरवरी, 1637 को स्थानीय फूल विक्रेताओं के संघ ने वहाँ की संसद् के अनुमोदन से यह आदेश पारित करवा दिया कि '30 नवंबर, 1636 के बाद ट्यूलिप के जो भी फ्यूचर कॉण्ट्रेक्ट राइट हुए हैं, वे ऑप्शन कॉल समझे जाएँगे, अर्थात् इसमें क्रेता को यह अधिकार होगा कि वह महँगे दामों पर संविदा किए गए ट्यूलिप के बल्ब उसके इच्छा हो तो नहीं खरीदे, पर बदले में वो कॉण्ट्रेक्ट बेचनेवाले (कॉल राइटर) को कांट्रेक्ट मूल्य का कुछ प्रतिशत (यह प्रतिशत 2.5 से 10 प्रतिशत था यह पर अब इतना पुराना डाटा उपलब्ध नहीं होने से निश्चित रूप से नहीं रहा जा सकता) प्रीमियम के रूप में अदा करेगा। यहीं से ऑप्शन मार्केट की शुरुआत हुई। यहीं से कॉल ऑप्शन का रिवाज चल पड़ा।

"फिर पुट ऑप्शन कब प्रारंभ हुए?" घीसू भाई ने पूछा।

"पुट ऑप्शन तो एक प्रकार का बीमा है, जिसमें बीमे की तरह हम कुछ प्रीमियम अदा करके अपनी कैश होल्डिंग को एक निश्चित प्राइस से नीचे गिरने से सुरक्षित कर सकते हैं, जैसे रिलायंस का 500 का लॉट है तथा रिलायंस का शेयर यदि 1,500 पर ट्रेड कर रहा है तथा आपके पास 500 शेयर कैश में होल्ड है तो आप कुछ प्रीमियम देकर 1,500 की कॉल खरीद लेते हैं तो एक माह के लिए आप गिरावट से सुरक्षित हो जाते हैं, क्योंकि उसके बाद शेयर 1,500 से जितना गिरता है, आपको पुट राइटर द्वारा अंतर राशि का भुगतान कर दिया जाता है।

कुल मिलाकर सन् 1637 में ऑप्शन के जन्म के बाद इसके सौदे ओवर दी काउंटर होते रहते थे, जिनका मूल्यांकन किसी नियम पर आधारित नहीं था। सन् 1900 के आसपास 'पुट एंड कॉल ब्रोकर्स एंड डीलर्स एसोसिएशन' की स्थापना हुई। यदि कोई ऑप्शन खरीदने का इच्छुक होता तो इस फर्म से संपर्क करता, फिर फर्म उसके लिए राइटर की तलाश करती। यदि कोई ऑप्शन बेचनेवाला नहीं मिलता तो यह फर्म एक निश्चित भाव पर ऑप्शन राइट करती थी।

सन् 1973 में ब्लैक मर्टोन और स्कॉल्स ने ऑप्शन के मूल्यांकन का एक फॉर्मूला खोज निकाला, जिसे 'ब्लैक स्कॉल्स फॉर्मूला' कहते हैं। 'ब्लैक स्कॉल्स फॉर्मूला' की गणना आप ऑनलाइन कैल्कुलेटरों की सहायता से कर सकते हैं। इससे ऑप्शन का प्रीमियम सस्ता है या महँगा, इसकी मोटी-मोटी जानकारी मिल सकती है; पर ट्रेडिंग में इसका कोई विशेष लाभकारी उपयोग नहीं है।

अप्रैल 1973 में 'शिकागो बोर्ड ऑफ ऑप्शन एक्सचेंज' की स्थापना हुई, उसके बाद 1980 से ही न्यूयॉर्क स्टॉक एक्सचेंज में ऑप्शन का वॉल्यूम कैश मार्केट के शेयरों की तुलना में ज्यादा हो गया। भारत में यद्यपि ऑप्शन बीसवीं शताब्दी से ही लोकप्रिय हुए हैं। वस्तुतः अब भारत में ऑप्शन का प्रयोग कैश मार्केट की तुलना में बहुतायत से किया जाता है।

सारांश

1. ऑप्शन का प्रयोग सर्वप्रथम सन् 1637 में नीदरलैंड से प्रारंभ हुआ।
2. अमेरिका में वर्ष 1973 से 1980 के बीच ऑप्शन तेजी से लोकप्रिय हुए और 1980 के बाद ऑप्शन के सौदे प्रमुखता से होते हैं।
3. भारत में वर्ष 2001 के पश्चात् ऑप्शन ज्यादा लोकप्रिय हुए और वर्ष 2020 तक भारत में भी ज्यादातर निवेशक ऑप्शन ट्रेड को प्राथमिकता देने लगे हैं।
4. 1973 में ब्लैक मर्टोन और स्कॉल्स ने ऑप्शन के मूल्यांकन का

एक फॉर्मूला खोज निकाला, जिसे 'ब्लैक स्कॉल्स फॉर्मूला' कहते हैं ब्लैक स्कॉल्स फॉर्मूला की गणना आप ऑनलाइन कैल्कुलेटरों की सहायता से कर सकते हैं इससे ऑप्शन का प्रीमियम सस्ता है या महँगा, इसकी मोटी-मोटी जानकारी मिल सकती है; पर ट्रेडिंग में इसका कोई विशेष लाभकारी उपयोग नहीं है।

अब इस पुस्तक का सैद्धांतिक भाग खत्म हो गया। अब तक आप ऑप्शन के मूल सिद्धांतों का परिचय पा चुके हैं, अब प्रैक्टिकल भाग अगले अध्याय से प्रारंभ हो जाएगा।

□

5

घीसू भाई का ऑप्शन में रिस्क लेने से इनकार

घीसू भाई एकदम नए छोटे निवेशक थे। ऐसे छोटे निवेशक जब ऑप्शन में नया-नया ट्रेड शुरू करते हैं, तब उनको मुनाफा होना भी हानिकारक है तथा घाटा होना भी हानिकारक है।

आप हँसेंगे कि मुनाफा होना कैसे हानिकारक हो सकता है? असल में, नए व्यापारी को मुनाफा नहीं होना चाहिए। शेयर बाजार में जिसको पहले-पहले ट्रेड में ही मुनाफा मिल जाता है, वह कभी भी शेयर बाजार से पैसा कमाना सीख ही नहीं पाते, क्योंकि उनको पहले एक-दो ट्रेड में ही मुनाफा हो जाता है तो वे समझते हैं कि शेयर बाजार से कमाई करना तो बहुत आसान है। इसमें सीखने की जरूरत ही क्या है! ऐसे निवेशक फिर तीसरे-चौथे ट्रेड में ही बड़ी राशि (कई बार तो अपनी संपूर्ण पूँजी) का निवेश कर बैठते हैं तथा दुर्भाग्य से इस बार यदि राशि गँवा बैठते हैं तो वे अपनी डूबी हुई राशि वापस लेने के लिए अगली बार और भी ज्यादा राशि से दाँव लगाते हैं।

यहाँ मैं 'निवेश करते हैं', ऐसा न लिखकर 'दाँव लगाते हैं', ऐसा ही लिखूँगा, क्योंकि बगैर सोचे-समझे, बगैर कंपनी के फंडामेंटल्स, टेक्निकल्स—पिछले बाजार भावों, बेस प्राइज, नेट सेल पर, शेयर पर विचार किए शेयर खरीदना-बेचना एक प्रकार से 'दाँव लगाना' ही है।

इस प्रकार से छोटे निवेशक, जिनको शुरुआती ट्रेड में ही मुनाफा हो जाता है और जल्दी ही अपनी सारी जमा-पूँजी गँवाकर शेयर बाजार एवं

फ्यूचर एंड ऑप्शन को टाटा–बॉय–बॉय कर देते हैं।

जबकि यदि प्रारंभिक ट्रेड में ही निवेशक को घाटा हो जाता है तो वह आगे चलकर सफल निवेशक बन जाता है, क्योंकि वह अगली बार उलटा कम राशि का निवेश करता है तथा अपनी गलती से सीखने का प्रयास करता है। उसे यह समझ में आ जाता है कि शेयर बाजार में निवेश करना एक 'कला' है तथा यह आसान पैसा या फटाफट मनी बनाने का साधन नहीं है। तो क्या में घीसू भाई को पहले घाटा करवा दूँ?

नहीं, ऐसा मेरे कहने का अर्थ नहीं है, क्योंकि कोई भी गुरु अपने शिष्य को तैरना सिखाता है तो उसे जान–बूझकर नहीं डुबाना चाहता। मेरे कहने का अर्थ इतना ही है कि आप कोई भी विधि पहली बार आजमाते हैं तो उसमें घाटा भी हो जाए तो निराश नहीं होकर अच्छा शगुन ही मानना चाहिए।

चलिए, अब मैं आपको बताता हूँ कि मैंने घीसू भाई से ऑप्शन बाजार में पहला ट्रेड कौन–सा करवाया।

घीसू भाई को मैंने 'स्ट्रेडल तकनीक' के बारे में समझाया कि जैसे कार सीखने के लिए सीधे हाईवे पर प्रैक्टिस न करके पहले खाली मैदान में प्रैक्टिस करनी चाहिए, इसी प्रकार ऑप्शन में सीखने के लिए पहले 'स्ट्रेंडल तकनीक' से अभ्यास करना अच्छा रहता है।

स्ट्रेडल क्या होता है?

जब कॉल और पुट एक साथ खरीदते हैं तो इसे 'स्ट्रेडल' बनाना कहते हैं। इसमें यदि शेयर बढ़ता है तो 'कॉल' लाभ में आ जाती है, शेयर टूटता है तो 'पुट' लाभ में आ जाती है।

इसमें एक में लाभ, एक में घाटा होता है।

जैसे निफ्टी 10,600 पर हो तथा आप 10,600 की कॉल 132 रुपए प्रीमियम देकर ले लेते हैं, 10,600 की पुट भी 132 रुपए प्रीमियम देकर ले लेते हैं तो आपका कुल प्रीमियम 132+132=264 लगेगा। अब यदि एक्सपायरी को निफ्टी 10,900 पर बंद हुआ तो आपको कॉल पर 300 पॉइंट

का लाभ मिला, पर आपने 264 रुपए प्रीमियम खर्च किया हुआ था। इसलिए आपका लाभ 300–264=36 रुपए होगा, जैसे कि आप यदि शुरू से पूरी पुस्तक पढ़ते आए हैं तो आप जान गए होंगे कि निफ्टी का 75 का लॉट है तो लाभ 75×36=2,700 रुपए का लाभ होगा। इसी प्रकार यदि एक्सपायरी को निफ्टी 10,300 पर बंद हुआ तो आपको पुट पर 300 प्वाइंट का लाभ मिलने से आपको 2,700 रुपए का लाभ होगा। इसमें ब्रोकरेज भी लगता है। उदाहरण में समझाने के लिए ब्रोकरेज को इग्नोर कर दिया है। घीसू भाई एक बार तो बहुत खुश हो गए। बोले कि “वाह सर, मजा आ गया! ये तो बहुत आसान है। कॉलपुट दोनों एक ही स्ट्राइक प्राइज पर खरीदकर स्ट्रेंडल बनाओ। इसमें चित भी मेरी और पट भी मेरी। मार्केट चाहे टूटे या बढ़े, दोनों तरफ पैसा कमाओ।”

मैंने घीसू भाई के अति उत्साह पर ब्रेक लगाते हुए कहा, “अरे घीसू भाई, स्ट्रेंडल से पैसा कमाना इतना आसान होता तो आज सभी ऑप्शन ट्रेडर करोड़पति हो गए होते!”

“जरा सोचो, आपने 10,600 पर कॉलपुट व पुट लिये होते तथा एक्सपायरी पर निफ्टी 10,650, 10,700, 10,750, 10800, 10,850 पर बंद होता तो··· ?”

आप क्या कमाते?

“यदि निफ्टी 10,550, 10,500, 10,450, 10,400 10,350 तक ही गिरता तो···आप क्या कमाते?

“मेरे कहने का अर्थ यह है कि आपने कॉलपुट एक साथ खरीदने में 264 रुपए का प्रीमियम खर्च किया है। ऐसी स्थिति में यदि निफ्टी 264 प्वाइंट टूटता या 264 प्वाइंट तक बढ़ता है तो आपको कोई फायदा नहीं होता। कुछ–न–कुछ नुकसान ही होगा, जैसे निफ्टी 10,631.37 पर ही बंद हो जाए तो आपको 10,631.37–10,600=31.37 रुपए आपकी 10,600 की कॉल पर मिलेंगे। 10,600 की पुट वर्थलेस एक्सपायर हो

जाएगी, जो आपने प्रीमियम खर्च किया था 264 मिले 31.37 कुल मिलाकर घाटा ही होगा और यह घाटा भी 75 के लॉट पर अच्छा-खासा 264-31.37=232.63×75=17,447.25 एवं ब्रोकरेज व कर आदि का होगा और नया छोटा निवेशक पहली ही ट्रेड में 18,000 का घाटा खाकर हमेशा-हमेशा के लिए मार्केट को अलविदा कह देगा।"

"तो फिर क्या उपाय है ?" घीसू भाई ने पूछा।

"उपाय है। मैं आपको मार्केट में स्ट्रेडल बनाने की शेयर जीनियस तकनीक समझाता हूँ।"

"स्ट्रेडल बनाने की शेयर जीनियस तकनीकी बहुत आसान है। इसके निम्न बिंदु हैं—

1. आजकल ज्यादातर ऑप्शन साप्ताहिक होते हैं, पर हम ऑप्शन में पोजीशन साप्ताहिक न मानकर इंट्रा-डे की ही रखेंगे।
2. स्ट्रेडल बनाने के लिए आप जब भी पोजीशन लेंगे, उस इंडेक्स, जैसे निफ्टी या बैंक निफ्टी के पिछले पाँच दिनों के उच्चतम स्तर व निम्नतम स्तर का औसत मूल्य देखेंगे।

इसे SMASH (शेयर जीनियस मूविंग एवरेज सीरीज हाई) व SMASL (शेयर जीनियस मूविंग एवरेज सीरीज लो) से संबोधित करेंगे।"

"पर मैं कुछ समझ नहीं पा रहा हूँ।" घीसू भाई बोले।

"घबराओ नहीं, मैं जब आपके थ्योरी समझाने के बाद आपको प्रैक्टिकल करने का होमवर्क दूँगा, तब आपको सब समझ में आ जाएगा।"

3. "अब आपको जिस दिन पोजीशन लेनी है, उस दिन पिछले दिन का उस शेयर या इंडेक्स का क्लोज प्राइज देखिए, जिसमें आपको कॉल या पुट खरीदनी है। यदि पिछले दिन निफ्टी (या उस शेयर का) क्लोज प्राइज उसकी SMASH से ऊपर हो तो हम मानेंगे कि निफ्टी अपट्रेंड में है और हम 'इन द मनी कॉल ऑप्शन' लेंगे। यदि पिछले दिन निफ्टी उसकी SMASL से नीचे बंद हुआ हो तो हम 'इन द मनी पुट' लेंगे।

"चलिए, इसके लिए अप्रैल 2015 की सीरीज के निफ्टी के डाटा देखते हैं—

"अप्रैल 2015 की सीरीज 27 मार्च, 2015 शुक्रवार को शुरू हुई है। इसमें निफ्टी का सीरीज के प्रथम पाँच दिनों का उच्चतम व न्यूनतम स्तर इस प्रकार से था।

दिनांक	निफ्टी का उच्चतम स्तर	निफ्टी का निम्नतम स्तर
27 मार्च, 2015	8,413.20	8,269.15
30 मार्च, 2015	8,504.55	8,380.75
31 मार्च, 2015	8,550.45	8,454.15
1 अप्रैल, 2015	8,603.40	8,464.75
6 अप्रैल, 2015	8,667.55	8,573.75
योग	**42,739.15**	**42,142.55**
5 दिन की औसत	8,547.83	8,428.51

"अब दिनांक 6 अप्रैल, 2015 को निफ्टी का क्लोज प्राइज 8,659.90 था, जो पिछले पाँच दिनों में उच्चतम स्तर के औसत वैल्यू से ज्यादा है। इसलिए हम मानेंगे कि इस सीरीज में निफ्टी अपट्रेंड में है तथा उसके बढ़ने की प्रायिकता ज्यादा है, अतः हम अगले दिन दिनांक 7 अप्रैल, 2015 को निफ्टी की 8,650 की 'इन द मनी कॉल' लेंगे, परंतु स्ट्रेंडल तकनीक का नियम है कि हम केवल कॉल या केवल पुट नहीं लेंगे हम 1 कॉल व 1 पुट लेंगे, ताकि मार्केट चाहे बढ़े या घटे, हमें मुनाफा मिल सके।

4. "वर्तमान में निफ्टी के स्ट्राइक प्राइस में 50-50 बिंदुओं का अंतर है, अतः हम जिस स्तर पर प्रायिकता के आधार पर इन द मनी कॉल या पुट लेंगे, उससे 1 स्टेप छोड़कर (निफ्टी के मामले में 100 पॉइंट्स ऊपर या नीचे) 1 आउट ऑफ मनी कॉल या पुट

लेंगे, चूँकि हम 100 पॉइंट्स दूर की आउट ऑफ मनी कॉल या पुट लेंगे, इसलिए यह हमें इन द मनी कॉल या पुट से सस्ती मिल जाएगी।

"ऐसी स्थिति में कॉल व पुट दोनों को मिलाकर हमारा प्रीमियम कम लगेगा और जीतने की संभावना ज्यादा रहेगी; जैसे यहाँ निफ्टी 8,659.90 पर बंद हुआ, इसलिए 8,650 की कॉल लेंगे, जो इन द मनी कॉल है, साथ ही एक प्रकार से स्टॉप लॉस के तौर पर हम 8,650 व 8,600 की आउट ऑफ द मनी पुट को छोड़कर 8,550 की पुट लेंगे।"

घीसू भाई बोले, "पर यदि मार्केट रेंज बाउंड ही रहता है और एक्सपायरी पर यह 8,600 पर बंद होता है, तब मेरा दोनों तरफ का प्रीमियम चला जाएगा तथा नुकसान ही बचेगा।"

मैंने समझाया, "ऐसा नहीं है। इसमें आपको सीरीज के आखिरी गुरुवार, अर्थात् एक्सपायरी तक इंतजार नहीं करना है। आप मन-ही-मन तय कर लें कि जब भी मुझे एक-एक लॉट कॉलपुट खरीदकर स्ट्रेडल बनाने पर उसमें 500 रुपए का ब्रोकरेज निकालकर शुद्ध फायदा होगा, मैं बेचकर निकल जाऊँगा।"

घीसू भाई बोले, "पर उससे क्या फायदा होगा? मुझे एक्सपायरी तक भी 500 रुपए का शुद्ध मुनाफा नहीं हुआ तो मेरा सारा प्रीमियम ही चला जाएगा और कुल मिलाकर तो मुझे घाटा ही उठाना पड़ेगा।"

"यह बहुत बड़ा रिस्क होता है स्ट्रेडल बनाने में। इसमें 500 रुपए की कमाई के चक्कर में कई बार पूरा प्रीमियम डूब जाने की संभावना होती है।

"इसमें दूसरा मेथड यह है कि आप यह स्ट्रेडल केवल इंट्रा-डे के लिए ही बनाएँ तथा दिन के अंत में अपना नफा-नुकसान समेट लें। इससे इंट्रा-डे के कुछ दिनों में आपको नुकसान भी होगा और कुछ दिनों में लाभ होगा। कुल मिलाकर लाभ का आँकड़ा ज्यादा रहेगा, क्योंकि आप ट्रेंड के साथ चल रहे हैं।"

घीसू भाई ने इससे भी इनकार कर दिया। वो बोले, "सर, मुझे तो इससे

भी सुरक्षित कोई तरीका हो तो उसको बताएँ।"

"यदि आप ज्यादा रिस्क नहीं लेना चाहते हैं तो आप स्ट्रेडल का आधुनिक रूप 4 स्ट्रोक मेथड का उपयोग करें, जिसमें कॉल व पुट एक साथ नहीं खरीदे जाते। इसमें एक निश्चित लेवल से ऊपर-नीचे जाने पर ही ये कॉल व पुट खरीदे जाते हैं, जो एक-दूसरे के स्टॉप लॉस होते हैं।"

यह विधि मैं आगे के अध्याय में बताऊँगा, उससे पहले इस विधि का वर्णन पूरा कर देता हूँ।

आप ऊपर के उदाहरण को एक बार फिर से देखें—

दिनांक	निफ्टी का उच्चतम स्तर	निफ्टी का निम्नतम स्तर
27 मार्च, 2015	8,413.20	8,269.15
30 मार्च, 2015	8,504.55	8,380.75
31 मार्च, 2015	8,550.45	8,454.15
1 अप्रैल, 2015	8,603.40	8,464.75
6 अप्रैल, 2015	8,667.55	8,573.75
योग	**42,739.15**	**42,142.55**
5 दिन की औसत	8,547.83	8,428.51

इसमें यदि निफ्टी का क्लोज प्राइस 6 अप्रैल का 8,428.21 से नीचे होता तो हम उलटा करते, अर्थात् 8,450 की 'इन द मनी पुट' लेते और उससे 100 अंक ऊपर 8,550 की 'आउट ऑफ द मनी कॉल' लेकर स्ट्रेडल बनाते हैं।

एक प्रश्न यह भी उठता है कि यदि निफ्टी इन दोनों के बीच में, अर्थात् 8,500 पर बंद होता तो क्या करते? तो इंतजार करते उस दिन कोई पोजीशन नहीं लेते, मार्केट की स्पष्ट चाल का इंतजार करते।

इस विधि में सफलता की दर 70 प्रतिशत है। मुनाफा साप्ताहिक ऑप्शन में लगभग 500 रुपए और मासिक ऑप्शन में 2,000 रुपए रखना चाहिए।

स्ट्रेडल में इससे ज्यादा मुनाफे की उम्मीद न करें। 70 प्रतिशत सफलता का अर्थ है कि 10 सप्ताह में 7 सप्ताह में तो टारगेट मिल जाएगा, पर 3 सप्ताह में नहीं भी मिलेगा। इससे पूरा प्रीमियम जाने से बचाने के लिए इस विधि को 'इंट्रा-डे' की तरह प्रयोग करें, ओवरनाइट पोजीशन होल्ड न करें तथा रोज ऐसा स्ट्रेडल बनाएँ, टारगेट 500 रुपए तो स्टॉप लॉस भी ज्यादा-से-ज्यादा 500 रुपए रखें, इससे 70 प्रतिशत सफलता दर में आपको 10 ट्रेड लेने पर 7 में 3,500 का मुनाफा 3 में 1,500 का घाटा होकर कुल मिलाकर 2,000 का ही मुनाफा होगा।

कुल मिलाकर घीसू भाई का दिल कमजोर होने से उन्होंने इस अध्याय में बताई गई विधि का उपयोग नहीं किया। उनके लिए मैं आगे 4 स्ट्रोक विधि का वर्णन करूँगा, जिसका उपयोग करके उन्होंने अपना पहला मुनाफा कमाया।

परंतु आप यदि रिस्क लेने की क्षमता रखते हैं और आपकी कैपिटल ज्यादा है तो यह विधि 70 प्रतिशत मामलों में कारगर रहती है। इसमें शुक्रवार से लेकर बुधवार तक रोज एक-एक कॉल व पुट इस विधि से खरीदनी होती है और जैसे-जैसे एक कॉल व एक पुट काटने से मुनाफा होता रहे, वैसे-वैसे एक साथ स्ट्रेडल काटकर तेजी से मुनाफा बुक करते रहना होता है; परंतु इसमें काफी अभ्यास व समय की जरूरत होती है तो आप कुछ दिन तक पेपर ट्रेड लेकर इसका अभ्यास कर सकते हैं। जब आपको लगे कि आप इसमें परफेक्ट हो रहे हैं तो ही वास्तविक ट्रेड लेना चाहिए। मैं आपको पुस्तक में टारगेट व स्टॉप लॉस नहीं सिखा सकता, क्योंकि जैसे आप कार चलाने की पुस्तक पढ़ें तो उसमें लिखा होगा कि कार को पहले गियर में लें व क्लच दबाकर रखें और धीरे-धीरे क्लच छोड़ें तथा रेस को दबाएँ, स्टीयरिंग को सँभालकर रखें और आप कार चलाना सीख गए।

पर वास्तव में कार चलानी अभ्यास से आएगी। अब आप स्ट्रेडल की उक्त विधि के सही होने पर भी इसका जब तक प्रैक्टिकल अभ्यास नहीं करेंगे, तब तक आपको टारगेट व स्टॉप लॉस की समझ नहीं आएगी।

लालच व डर को दूर रखकर यदि आपकी पूँजी ज्यादा है तो उक्त विधि से रोज एक-एक स्ट्रेडल बनाएँ और जैसे-जैसे मुनाफा मिले, काटते जाएँ।

आपकी पूँजी कम है और आप घीसू भाई की तरह ज्यादा रिस्क भी नहीं चाहते तो आपको '4 स्ट्रोक विधि' से काम करना होगा।

मैं यह '4 स्ट्रोक विधि' बताने ही वाला था, पर घीसू भाई ने आपत्ति कर दी। वो बोले कि आपने 'ऑप्शन ग्रीक' तो सिखाए ही नहीं। कल ही मैंने एक यूट्यूबर गुरुजी का ऑप्शन पर वीडियो देखा था। वो कह रहे थे कि पहले ऑप्शन ग्रीक सीखो, फिर ऑप्शन में काम करो! तो आप मुझे बगैर ग्रीक सिखाए ऑप्शन करवाकर डुबाना क्यों चाहते हैं?

घीसू भाई को मुझ पर भी शक था। उसे लगता था कि मैं फालतू में स्ट्रेडल जैसी पीटी हुई तकनीक सिखाकर उनका समय बरबाद कर रहा हूँ। शायद मुझे ग्रीक वगैरह तो आते ही नहीं होंगे! उनका यह शक दूर करने के लिए मैंने पहले उनको ग्रीक सिखाने का निर्णय लिया और अगले दिन की क्लास ग्रीक पर रखने का वादा किया।

□

6

ऑप्शन ग्रीक और उनका व्यावहारिक उपयोग

ऑप्शन ग्रीक के बारे में उल्लेख करना मेरी इस पुस्तक में आवश्यक नहीं था, क्योंकि मैं अपनी इस पुस्तक में आपको ऑप्शन से पैसा कमाने की जो विधि बताने जा रहा हूँ, उसमें ऑप्शन ग्रीक का प्रयोग नहीं होगा। वैसे भी, मैं मानता हूँ कि ऑप्शन ग्रीक अव्यावहारिक है, अर्थात् यह थ्योरिटिकल ज्यादा है, प्रैक्टिकल कम है।

मैं ऑप्शन ग्रीक के बारे में ऐसी बातें लिखने से पहले उन लोगों से क्षमा माँग लेता हूँ, जिन्होंने अपने दिमाग में यह भर रखा है कि ग्रीक सीखे बगैर उनका रिस्क मैनेजमेंट नहीं हो सकता और ग्रीक बगैर ऑप्शन से पैसा नहीं कमा सकते—आदि-आदि।

कुछ पेड कोर्सवाले तो 50,000 रुपए फीस लेकर आपको सिर्फ ग्रीक सिखाकर भेज देंगे। आप बड़े खुश होकर आएँगे कि हमने एडवांस्ड कोर्स कर लिया है! अब बस, जल्दी से करोड़पति हो जाएँगे! पर व्यावहारिक धरातल पर उनका ग्रीक का ज्ञान कोई काम नहीं आता।

जिनको ये लाइनें पढ़कर गुस्सा आ रहा है, उनसे निवेदन है कि दो-तीन गहरी साँसें लें और पहले यह भाग पूरा पढ़ लें, उसके बाद अगर आपको लगे कि आपको यह पुस्तक नहीं पढ़नी या आप उसके बाद भी असहमत हों, तो भी आपके पैसों के पेड़ लगाने से संबंधित आखिरी तीन अध्याय पूरे पढ़े बगैर पुस्तक पर नेगेटिव रिव्यू नहीं दें, क्योंकि मैंने बहुत मेहनत करके तीन साल से

रिसर्च करके छोटे निवेशकों को केंद्र में रखकर यह पुस्तक लिखी है। इसलिए यदि आप भी ग्रीक के ज्ञान को आवश्यक मानते हों तो कोई बात नहीं, आप पहले पुस्तक पूरी करें, फिर इसमें बताई गई विधियों को लागू करके ट्रेड करें। उसके बाद भी आपको लगे कि मैंने आपको जो भी सिखाया, वह गलत था, तो ही पुस्तक रिव्यू करते समय नेगेटिव हों, अन्यथा नहीं।

यहाँ रिव्यू की बात हो ही रही है तो बता देता हूँ कि—

आपका 5 स्टार रिव्यू ही मेरी एकमात्र गुरुदक्षिणा है। मैं भारी-भरकम फीस लेकर ऑप्शन ट्रेनिंग क्लासें नहीं चलाता। मैं तो मेरे यू-ट्यूब चैनल पर आए कमेंट व पुस्तकों पर आए रिव्यू पढ़कर ही खुश हो लेता हूँ। बाकी पैसा कमाने के लिए तो मैं फॉलोवर्स की जेब से पैसा निकलवाने की जगह शेयर बाजार की अपनी रणनीतियों पर ज्यादा भरोसा करता हूँ, जिनसे मैं 2005 से अपने लिए संतोषजनक राशि कमा रहा हूँ।

चलिए, अब आपको ग्रीक सिखा देते हैं। 'ऑप्शन ग्रीक' मुख्यत: छह होते हैं, इनको 'ग्रीक' इसलिए कहते हैं कि इनके लिए ग्रीक, यानी यूनानी या रोमन शब्दों व प्रतीक चिह्नों का प्रयोग किया जाता है, तो छह प्रमुख 'ऑप्शन ग्रीक' इस प्रकार हैं—

1. डेल्टा
2. वेगा
3. थीटा
4. रो (Rho)
5. लांबा
6. इप्सीलोन।

ये छहों 'प्रथम श्रेणी' के ग्रीक कहलाते हैं। इनके अलावा 'द्वितीय' व 'तृतीय' श्रेणी के ग्रीक भी होते हैं; जैसे—गामा, वना, चार्म, वोमा, वेटा, वेरा, स्पीड, जोमा, कलर, अल्टीमा आदि। अब इनका संक्षिप्त ज्ञान लेना प्रारंभ करते हैं—

1. **डेल्टा :** डेल्टा का अर्थ है कि ऑप्शन की कॉल या पुट जिस अंडर लेइंग एसेट से संबंधित होती है, उस अंडर लेइंग एसेट के मार्केट प्राइस में परिवर्तन होने पर उस कॉल या पुट के मार्केट प्राइस में कितने प्रतिशत का अंतर आता है।

   जैसे अब इसे प्रैक्टिकल में समझिए। माना निफ्टी का मार्केट प्राइस 12,200 है। आपके पास निफ्टी की 12,200 की कॉल ऑप्शन है, जिसका प्रीमियम 76 रुपए है, अर्थात् आपने 76 रुपए पर 12,200 की कॉल खरीदी है, अर्थात् आपका निवेश 76×75=5,700 रुपए का है। अब यदि निफ्टी का मार्केट प्राइस (स्पॉट प्राइस) बढ़कर 12,250 हो जाता और आपने जो 76 की कॉल खरीदी थी, उसका मूल्य भी बढ़कर 109 रुपए हो जाता है; तो इसका अर्थ है, अब आपके 5,700 रुपए निवेश का मूल्य भी बढ़कर 109×75=8,175 रुपए हो गया है, अर्थात् आपको 8,175–5,700=2,475 रुपए का लाभ हुआ।

   परंतु इसकी जगह आपके पास यदि रियल निफ्टी होता, अर्थात् कैश मार्केट (स्पॉट) में निफ्टी होता तो निफ्टी के 12,200 से 12,250 तक 50 प्वाइंट ऊपर बढ़ने पर आपका लाभ कितना होता? निफ्टी का 75 का लॉट है तो 75×50=3,750 होता, अर्थात् ऑप्शन में आपका जो लाभ हुआ, वह कैश (स्पॉट) के शेयर के भाव में हुए अंतर से कम हुआ।

   कैश में अंडर लेइंग एसेट, अर्थात् निफ्टी के प्राइस में 50 प्वाइंट का अंतर आया, परंतु उसके कॉल ऑप्शन के प्राइस में मात्र 33 प्वाइंट का ही अंतर आया (109–76=33)। इसे प्रतिशत में गिनें तो स्पॉट प्राइस में आए बदलाव की तुलना में ऑप्शन के प्रीमियम में उसका 66 प्रतिशत का ही अंतर आया, अर्थात् कैश के लाभ 3,750 को 0.66 से गुणा करें तो ऑप्शन के प्रीमियम का लाभ 3,750×0.66=2,475 आ जाएगा तो यहाँ 0.66 ही डेल्टा है।

डेल्टा की वैल्यू कॉल के मामले में 0 से 1 के बीच में होती है, जैसे ऊपर के उदाहरण में डेल्टा 0.66 हुआ। पुट के मामले में डेल्टा की वैल्यू माइनस में गिनते हैं; क्योंकि भाव बढ़ने पर आपकी 12,200 की पुट होती तो उसका प्रीमियम घटता। इसलिए पुट का डेल्टा 0 से माइनस 1 के बीच होता है।

आप समझ गए हैं कि जितने प्रतिशत का अंतर उसको दशमलव के 2 डेसिमल में लिखना डेल्टा है। यहाँ दशमलव के स्थान पर प्रतिशत का निशान समझिए, अर्थात् डेल्टा का प्रीमियम कैश में हुए प्राइस पेंज के मामले में तुलनात्मक रूप से जितना घटता है या बढ़ता है, उस प्रतिशत को 'डेल्टा' कहते हैं।

जैसे डेल्टा 0.33 है तो यह कॉल का डेल्टा है। इसका अर्थ कैश के प्राइस में 100 रुपए का अंतर होने पर प्रीमियम में मात्र 33 रुपए अंतर, अर्थात् 33 प्रतिशत का अंतर होना होता है।

अब यह समझते हैं कि ये सारी थ्यॉरिटिकल एक्सरसाइज आपके लिए गैर जरूरी क्यों है ? क्योंकि डेल्टा की गणना करते समय यह माना जाता है कि बाकी सारे ग्रीक स्थिर (कॉनस्टेंट) हैं, जबकि व्यावहारिक रूप में बाकी ग्रीक स्थिर होते नहीं, अर्थात् जरूरी नहीं हैं कि हमेशा ही निफ्टी 50 प्वाइंट बढ़ेगा तो कॉल का प्रीमियम 33 प्वाइंट बढ़ेगा। इसका बढ़ना-घटना तो सबसे पहले माँग व आपूर्ति (कॉल के कितने खरीदार हैं, वो 'माँग' कहलाएगी और कॉल के कितने लोग कॉल राइटर हैं, वो 'आपूर्ति' कहलाएगी) तथा प्रीमियम इस माँग व आपूर्ति के आधार पर कम या ज्यादा भी हो सकता है और अंडरलेइंग एसेट के प्राइस के अलावा प्रीमियम इस माँग व आपूर्ति पर भी निर्भर है। दूसरा अन्य फैक्टर, जैसे एक्सपायरी का समय कितना पास है तथा कितना नजदीक है, वो भी कॉल के प्रीमियम के घटने-बढ़ने को प्रभावित करते हैं, अर्थात् बाकी ग्रीक स्थिर कभी होते ही नहीं हैं। इसलिए डेल्टा

एक निश्चित वैल्यू नहीं है, तो फिर डेल्टा का इतना महत्त्व क्यों है? क्यों शेयर बाजार में टेडर कहते हैं, ऑप्शन ग्रीक सीखने व समझने जरूरी हैं?

असल में, यह सब 'हेजिंग टूल' है। यदि आपने फ्यूचर में एक निफ्टी का लॉट शॉर्ट करके उसे हेज करने के लिए कॉल खरीदी होती तो आपको अनुमानित डेल्टा पता होता तो यह मोटा-मोटा अंदाजा होता कि सिर्फ कॉल खरीदने से आपकी फ्यूचर में शॉर्ट की हुई पोजीशन पूरी तरह से हेज नहीं होगी। वहाँ यदि 50 प्वाइंट का नुकसान होगा तो कॉल से 33 प्वाइंट का ही फायदा होगा तथा आपके फिर भी 17 प्वाइंट का रिस्क रह जाएगा। तो यह है रिस्क मैनेजमेंट के टूल! सिर्फ यहीं तक ग्रीक का महत्त्व है। पर इससे भी रिस्क मैंनेजमेंट होता नहीं है, क्योंकि यह निश्चित नहीं है कि अंडर लेइंग में इतना परिवर्तन होने पर प्रीमियम में इतना अंतर अवश्य ही होगा, वास्तव में यह अंतर अन्य कारकों को ध्यान में रखते हुए कभी कम तो कभी ज्यादा हो सकता है।

अब दूसरे ग्रीक वेगा की चर्चा करते हैं—

2. **वेगा :** वेगा आपके द्वारा खरीदे गए ऑप्शन की मार्केट के उतार-चढ़ाव के प्रति संवेदनशीलता को दरशाता है। इसका अर्थ है कि अंडर लेइंग एसेट के 1 प्रतिशत बढ़ने पर आपका प्रीमियम कितना घटता या बढ़ता है।

   दूसरे शब्दों में कहें तो अंडर लेइंग एसेट के दामों में 1 प्रतिशत का अंतर आने पर उससे संबंधित ऑप्शन के प्रीमियम में कितने प्रतिशत का परिवर्तन होता है! आपको ग्रीक में 'वेगा' की जानकारी यह जानने में मदद करती है कि आपका रिस्क कितना है, अर्थात् आपकी खरीदी हुई कॉल या पुट उसके अंडर लेइंग में परिवर्तन होने पर कितनी तेजी से घटेगी या बढ़ेंगी, यह आप वेगा से जान सकते हैं।

मैं आपको वेगा की गणना करने की पूरी फिजिक्स नहीं समझाऊँगा, क्योंकि मेरा यहाँ भी यही मानना है कि—गालिब ने यह कहकर तोड़ दी माला कि 'गिनकर क्यों नाम लूँ उसका, जो बेहिसाब देता है।'

यहाँ मैं आपको इस पुस्तक में जो मेथड बताऊँगा, उसमें सिर्फ कवर्ड कॉल को ही राइट करने की अनुमति होगी या रेशो स्प्रेड मेथड से इंट्रा-डे के लिए कॉल राइट करने की अनुमति होगी। पर कवर्ड कॉल या रेशो स्प्रेड मेथड के अलावा नेकड कॉलपुट राइट करने से मेरा सख्त मना होगा।

क्योंकि नेकड कॉलपुट राइट करने में रिस्क अनलिमिटेड होती है और प्रोफिट लिमिटेड होता है। जब रिस्क अनलिमिटेड हो तो ही आपको रिस्क की गणना करने या चिंता करने की जरूरत होगी। मेरे मेथड में तो या तो कवर्ड कॉल राइट करने पर फोकस होगा, जो आप यदि मेरी विधि से करेंगे तो पूरी तरह से रिस्क फ्री है। कवर्ड कॉल राइटिंग या रेशो स्प्रेड मेथड से राइटिंग के अलावा शेष जो मेथड मैं बताऊँगा, उसमें अनुशासन से कॉल या पुट खरीदने पर जोर होगा, जिसमें रिस्क लिमिटेड एवं प्रोफिट अनलिमिटेड (बेहिसाब) होता है। इसीलिए मैं वेगा की गणना करना सीखना जरूरी नहीं समझूँगा, क्योंकि गालिब ने यह कहकर तोड़ दी माला कि गिनकर 'क्यों नाम लूँ उसका, जो बेहिसाब देता है।' फिर भी जो वेगा की कैलकुलेशन ही सीखना चाहें, वे नेट पर इसका सूत्र सर्च कर सकते हैं।

3. **थीटा :** अब आइए, ऑप्शन का तीसरा ग्रीक 'थीटा' समझते हैं। थीटा का सीधा-सादा अर्थ है कि समय व्यतीत हाने के साथ-साथ ऑप्शन के प्रीमियम में टाइम की वैल्यू का समाप्त होना, अर्थात् ज्यों-ज्यों एक्सपायरी का समय नजदीक आता जाता है, त्यों-त्यों ऑप्शन के प्रीमियम कम होते जाते हैं। इसे ही थीटा वैल्यू का

समाप्त होना कहते हैं। यह बात मैं इस पुस्तक में पीछे भी बता चुका हूँ। जल्दबाजी में पढ़नेवाले मेरे जो प्रिय पाठक पीछे के पृष्ठों को जल्दी-जल्दी पलटकर आ गए हैं, उनके लिए एक बार दोहरा देता हूँ कि ऑप्शन ट्रेडिंग में किसी भी शेयर का प्रीमियम दो कारकों से तय होता है—

1. इंट्रीनसिक वैल्यू (आंतरिक मूल्य)
2. टाइम वैल्यू (समय का मूल्य)।

ऑप्शन का प्रीमियम=इंट्रीनसिक वैल्यू+टाइम वैल्यू

एक्सपायरी के नजदीक आने के साथ-साथ टाइम वैल्यू कम होती रहती है और एक्सपायरी के समय यह शून्य हो जाती है। टाइम वैल्यू के इस घटाव को ही 'थीटा' कहते हैं।

अब आप पूछेंगे कि इनको सीधा-सीधा समय के साथ प्रीमियम में क्षति या ह्रास न कहकर 'थीटा' जैसा नाम क्यों दिया? तो भाइयो, साधारण से दिखनेवाले 5 रुपए के चाय के प्याले को 5 स्टार होटल में 500 रुपए में बेचना हो तो मीनू में उसका नाम चाय नहीं लिखा जाता। वहाँ लिखना पड़ेगा—कैफिनेटेड होट ब्रेवरिज विद हर्ब लाइक जिंजर स्पेशली मेड विद पाश्चुराइड मिल्क एंड डिस्टील्ड वाटर (शुगर ऑप्शनल)। तब वह चाय का कप 500 रुपए में बिकता है, तो ऑप्शन कोई रॉकेट साइंस नहीं है। पर ऑप्शन सिखाने के नाम पर मिल रही पुस्तकों और भारी-भरकम फीस लेकर कोर्स करवानेवाले आपको प्रोफिट कैसे होगा? यह समझाने की जगह आपका पूरा समय रिस्क कितना ज्यादा होगा, यह समझाने में लगा देते हैं।

इसकी बाकायदा पूरी फिजिक्स खतरनाक लगनेवाले ग्रीक शब्दों—डेल्टा, वेगा, थीटा, रो, लांम्बा, इप्सीलोन, गामा, वना आदि-आदि से समझाई जाती है। फिर आपको कहा जाता है कि आप कॉलपुट मत खरीदना, यह आपके लिए नहीं है, क्योंकि इसमें रिस्क बहुत ज्यादा होगा और आपका

प्रीमियम डूब जाएगा।

फिर समझाया जाता है कि आप तो कॉलपुट राइट करना, जिसमें प्रोफिट लिमिटेड रिस्क अनलिमिटेड तो है, पर हमने ग्रीक के बारे में बताकर रिस्क को मैनेज करने के हथियार (टूल्स) आपको सिखा दिए हैं। फिर डरना कैसा, कूद पड़ो आग में!

जब आप अनलिमिटेड रिस्क में अपनी पूरी पूँजी डुबा बैठते हैं तो पूछा जाता है कि क्या आपने डेल्टा, बेगा, थीटा की गणना नहीं की थी? क्या आप ऑप्शन ग्रीक नहीं समझते हो? क्या आपने स्टॉप लॉस नहीं रखा था?

4. **रो (Rho) :** रो ऑप्शन होल्डिंग की रिस्क फ्री ब्याज दर से तुलना करने का पैरामीटर है, जैसे यदि आप 7 लाख के शेयर कैश में होल्ड करते तथा 3 महीने में शेयर का भाव यदि न बढ़ता, न घटता तो आप सोचते कि आपको न तो कोई फायदा हुआ, न ही कोई घाटा हुआ। पर वास्तव में आपका ऐसा सोचना गलत है, क्योंकि आपके यही 7 लाख रुपए यदि शेयरों की जगह बैंक में 3 महीने के लिए फिक्स डिपॉजिट में रखे होते तो 90 दिन की फिक्स डिपॉजिट पर वर्तमान बैंक ब्याज दर 5.25 प्रतिशत से ब्याज की आय होती, जो पूरी तरह रिस्क फ्री भी है, अर्थात् यदि ये 7 लाख रुपए शेयरों की जगह 3 महीने की बैंक एफ.डी. में 5.25 प्रतिशत वार्षिक ब्याज दर पर होते तो 3 महीने का ब्याज 9,187.50 रुपए होता। तो यदि आपका 7 लाख का पोर्टफोलियो 3 माह तक अपरिवर्तित रहता है तो आपने 9,187.50 रुपए ब्याज आय के गँवा दिए हैं। यदि आपने 7 लाख के शेयर की जगह 3 महीने बाद की ऑप्शन में कॉल ली होती और इस कॉल का प्रीमियम यदि ब्याज की संभावित आय 9,187.50 रुपए की तुलना में जितना घटता या बढ़ता, वह 'रो' है।

   कहने का मतलब यह भी है कि यदि कॉल का प्रीमियम 9,187.50 से कम लगता और यह पूरा भी डूब जाता तो भी आपको कैश

में होल्ड करने के समान ही ब्याज की संभावित आय के जितना ही नुकसान होता। कॉलपुट खरीदने से पहले 'रो' का अध्ययन कर लेना आपको उनके ब्याज दर की तुलना में सस्ते–महँगे होने का आइडिया दे सकता है।

5. **लांबा :** यह लीवरेज को दिखानेवाला पैरामीटर है, अर्थात् आप कैश में 7 लाख की होल्डिंग लेते और कैश में शेयर का भाव 10 रुपए बढ़ने पर आप जितनी राशि कमाते, उतनी ही राशि ऑप्शन का प्रीमियम कितना बढ़ने पर कमा सकते हैं, यह जानकारी रखना 'लांबा' की जानकारी है।

6. **इप्सिलोन :** यह ऑप्शन होल्डिंग की डिविडेंड यील्ड से तुलना करनेवाला पैरामीटर है, जैसे रो में हमने ब्याज दर से तुलना कर ली तो कोई यह भी कह सकता है कि हम कैश में शेयर रखते तो डिविडेंड मिलता। कॉल रखने पर डिविडेंड नहीं मिलेगा। इसलिए इप्सिलोन से आप डिविडेंड यील्ड के नुकसान की कॉल होल्डिंग से तुलना करके जान सकते हैं कि आप कॉल पर जो प्रीमियम दे रहे हैं, वह कम है या ज्यादा। ये थे 'प्रथम श्रेणी के ग्रीक'। अब मैं इस पुस्तक में द्वितीय व तृतीय श्रेणी के ग्रीक नहीं समझाऊँगा। जिनको रुचि हो, वे ऑप्शन पर अन्य पुस्तक का अध्ययन कर लें; पर यह सब ज्ञान उसी प्रकार का है, जैसे कि मैं आपको तैरना सीखना ब्लैक बोर्ड पर थ्योरिटीकल रूप से सिखाकर, फिर आपको तालाब के पास ले जाकर पानी में धकेलकर आपसे उम्मीद रखूँ कि आप तैरने लगेंगे!

आप पूछेंगे, तो फिर ऑप्शन के प्रथम श्रेणी के ग्रीक क्यों सिखाए? वह इसलिए कि ज्यादातर असफल ट्रेडर जब दूसरे ट्रेडर को भी असफल देखते हैं तो उनके मन को शांति मिलती है कि चलो, हम अकेले असफल नहीं हुए! जब आप ऐसे ही किसी असफल रहे ट्रेडर को कहेंगे कि मैंने महेश कौशिक की

ऑप्शन पर पुस्तक पढ़ी, वो बहुत अच्छी थी। उससे मैं ऑप्शन सीख गया। तो वह आपका साथी एकदम चिढ़कर आपसे पूछ सकता है, 'तो बताओ, डेल्टा क्या होता है?' और यदि मैं आपको ग्रीक की प्रारंभिक जानकारी नहीं देता तो आप बगलें झाँकने लगते। तब वह कहता, 'ऑप्शन इतना आसान नहीं है, बेटा। महेश कौशिक ने आपको ग्रीक नहीं सिखाया और बगैर ग्रीक के आप ऑप्शन नहीं सीख सकते।'

इस बारे में आपने एक ज्ञानी व्यक्ति की कहानी सुनी होगी कि एक ज्ञानी व्यक्ति था। उसे पुस्तकें पढ़ने का बहुत शौक था। उसने सभी विषयों पर अनेक पुस्तकें पढ़कर खूब सारा ज्ञान अर्जन कर लिया था। एक बार वो ज्ञानी जब नाव से नदी पार कर रहा था तो उसने अनपढ़ नाविक से पूछा कि 'क्या उसने धर्म, अध्यात्म, शास्त्र पर फलाँ-फलाँ ग्रंथ पढ़े हैं?' तब नाविक ने कहा कि 'उसने ऐसा कोई ग्रंथ नहीं पढ़ा है।' तो उस विद्वान् ने उससे कहा, 'तुमने अपना आधा जीवन व्यर्थ कर दिया।' अभी शास्त्र-चर्चा चल ही रही थी कि नाव में छेद हो गया (शेयर मार्केट में अचानक अप्रत्याशित मूवमेंट आ गया) और नाव में पानी भरने लगा तथा नाव डूबने लगी। (आपका प्रीमियम पिघलने लगा या आपने कॉलपुट बेच रखी थी तो आपका अनलिमिटेड नुकसान अप्रत्याशित रूप से बढ़ने लगा) तब नाविक ने विद्वान् से पूछा, 'क्या आपको तैरना आता है, श्रीमान?' इस पर विद्वान् ने कहा कि 'मैंने तैराकी पर अनेक ग्रंथ पढ़े, पर मुझे तैरना प्रैक्टिकल में नहीं आता है।' तब नाविक ने कहा कि 'तब तो आपका सारा जीवन ही व्यर्थ हो गया, क्योंकि यह नाव अब डूबने वाली है।' इसलिए अब मैं आपको तैरने की प्रैक्टिकल कला सिखाने वाला हूँ। ऑप्शन ग्रीक का यह अध्ययन तो मात्र इसलिए शामिल किया था कि कोई आपसे यह पूछे कि 'क्या आपको ऑप्शन

ग्रीक आते हैं?' फिर आपको यह नहीं कह दे कि 'आपको यदि ऑप्शन ग्रीक ही नहीं आती, तब तो आपका ऑप्शन ज्ञान व्यर्थ है?' इसलिए अब आपको ग्रीक क्या है, उसका क्या महत्त्व है, यह सब आ चुका है। अब आप ग्रीक की जानकारी होने के कारण ऐसे बहस करनेवालों से निपट सकते हैं।

□

7

निफ्टी व बैंक निफ्टी में ट्रेडिंग की 4 स्ट्रोक विधि

अब घीसू भाई अपना पहला मुनाफा कमाने के लिए '4 स्ट्रोक विधि' को समझने के लिए तैयार थे। यह इंट्रा-डे में ऑप्शन में ट्रेड लेने की एक बहुत ही अच्छी विधि है। इस '4 स्ट्रोक विधि' से आप ऑप्शन में ली गई अपनी 80 से 90 प्रतिशत ट्रेड में सफलता अर्जित कर सकते हैं।

जैसा कि आपको पहले यह बताया ही जा चुका है कि शेयर मार्केट में ट्रेडिंग में 100 प्रतिशत सफल कोई विधि नहीं है, पर आपकी विधि की सफलता की दर 80 से 90 प्रतिशत है तो आप विनिंग ट्रेडर रह सकते हैं।

इस विधि से आप ऑप्शन में निफ्टी, बैंक निफ्टी में पोजीशन ले सकते हैं; वैसे आप चाहें तो इसी विधि का प्रयोग करके इंडेक्स के स्थान पर किसी शेयर की कॉल/पुट में भी पोजीशन बना सकते हैं।

पर **किसी शेयर विशेष में ऑप्शन में पोजीशन लेने के स्थान पर निफ्टी या बैंक निफ्टी में पोजीशन लेना ज्यादा उचित रहता है; क्योंकि इनमें लिक्वीडिटी की समस्या नहीं रहती है और इनमें सौदे फिजिकल डिलीवरी के स्थान पर कैश में सेटल होने से इनमें फिजिकल डिलीवरी की समस्या भी नहीं रहती।** शेयर विशेष में पोजीशन बनाने पर विधि के सही होने के बावजूद लिक्वीडिटी कम होने से आपको समस्या आ सकती है। यदि आपने अपना कॉण्ट्रेक्ट एक्सपायरी के पहले नहीं बेचा तो आपको फिजिकल डिलीवरी लेनी या देनी पड़ेगी।

इसके लिए आपके पास पर्याप्त कैश/शेयर होने जरूरी होंगे।

अब '4 स्ट्रोक विधि' का वर्णन करते हैं।

माना किसी दिन निफ्टी फ्यूचर का क्लोज प्राइस 10,873.30 मार्केट बंद होने के बाद था।

इस विधि में हम निफ्टी के क्लोज प्राइस की जगह उस दिन के निकटतम एक्सपायरी महीने के फ्यूचर का क्लोज प्राइस देखेंगे।

फ्यूचर में चूँकि एक्सपायरी महीने की होती है, इसलिए क्लोज प्राइस निकटतम महीने की एक्सपायरी का लेंगे; पर बाद में ऑप्शन में आपको इसको निकटतम सप्ताह की एक्सपायरी में उपयोग करना है।

अब आपको इस क्लोज प्राइस के आधार पर मार्केट के बंद होने के बाद अगले दिन के ट्रेड के लिए अग्रिम तैयारी करनी है। आपको निकटतम एक्सपायरी वीक की इस क्लोज प्राइस की निकटतम 'इन द मनी कॉल' एवं 'इन द मनी पुट' एक कागज पर नोट करनी है, जैसे फ्यूचर का क्लोज प्राइस 10,873.30 है तो इसके लिए निकटतम इन द मनी कॉल 10,850 बनेगी और निकटतम इन द मनी पुट 10,900 की लेनी है।

अब आप जिस दिन मार्केट बंद होने के बाद अगले दिन के लिए अग्रिम तैयारी कर रहे हैं, इनके उस दिन की ट्रेडिंग के हाई व लो देखकर एक कागज पर नोट करने हैं (ऑप्शन में कॉल/पुट में हिस्टोरिकल प्राइस डाटा कैसे देखते हैं, इसके लिए आप मेरा यू-ट्यूब ट्यूटोरियल देख सकते हैं)।

माना 10,850 की कॉल का उस दिन का उच्चतम प्रीमियम 163.30 था और न्यूनतम प्रीमियम 86.45 था तो आप इन दोनों आँकड़ों को नोट कर लीजिए।

अब 10,900 की पुट का उच्चतम प्रीमियम नोट करें। माना कि ये क्रमशः 175.35 व 96.40 है तो आपके पास अब चार आँकड़े हैं (चार आँकड़ों पर आधारित होने से इस विधि को मैंने '4 स्ट्रोक विधि' नाम दिया है)।

अब अगले दिन के लिए आपके पास एक चार्ट तैयार हो गया है, जो इस प्रकार दिखेगा—

ऑप्शन प्रकार	स्ट्राइक प्राइस	उच्चतम स्तर	न्यूनतम स्तर
कॉल	10,850	163.30	86.45
पुट	10,900	175.35	96.40

अब अगले दिन मार्केट खुलने के पश्चात् 10,850 की कॉल के प्रीमियम पर निगाह रखें। यह यदि पिछले दिन में उच्चतम स्तर 163.30 के ऊपर ब्रेक आउट हो या ऊपर ही खुले तो तुरंत उसी समय 10,850 की कॉल को खरीद डालें और 10 रुपए का लाभ मिलते ही निकल जाएँ, अर्थात् यदि आपने 165.80 पर लिया तो 175.80 पर प्रोफिट बुक कर दें। मैंने एक्जेक्ट पिछले दिन के हाई 163.30 पर उदाहरण न देकर 165.80 का प्रयोग इसलिए किया है कि ऐसे ब्रेकआउट में कॉल बहुत तेजी से बढ़ेगी। इसलिए जब तक आप पोजीशन लेंगे, तब तक वह थोड़ी तो ऊपर ही बढ़ चुकी होगी।

वैसे आजकल बहुत से ब्रोकर के पास जी.टी.टी. ऑर्डर लगाने की सुविधा है, जिसमें आपने 163.10 के ट्रिगर पर यदि 163.50 के लिमिट प्राइस का ऑर्डर लगाकर छोड़ दिया तो इस प्रकार का ऑर्डर 163.10 से 163.50 के बीच ही आ जाएगा और 10 प्वाइंट, अर्थात् 173.50 का प्रोफिट टारगेट भी इस प्रकार के ऑर्डर में पहले ही लगाकर रख सकते हैं। इसमें स्टॉप लॉस भी भरने की सुविधा होती है, जो 10 प्वाइंट के लिए 5 प्वाइंट का स्टॉप लॉस बहुत कम हो जाएगा। आप चाहें तो 10 प्वाइंट का स्टॉप लॉस 153.10 का लगाकर रख सकते हैं।

अब यदि अगले दिन यह 10,850 की कॉल पिछले दिन के लो 86.45 से नीचे जाती है या नीचे ही खुलती है तो आप 10,850 की कॉल को शॉर्ट करें। प्रोफिट टारगेट इसमें 10 रुपए का रखना सबसे सेफ रहता है, अर्थात् यदि आपने 85.50 पर 10,850 की कॉल शॉर्ट की है तो 10 रुपए गिरने के बाद 75.50 पर प्रोफिट बुक कर लें, निफ्टी का एक लॉट 75 का है। इसमें 10 रुपए का प्रोफिट बुक करने का अर्थ है 750 रुपए का मुनाफा।

इस 4 स्ट्रोक विधि में पिछले दिन के हाई या लो से ब्रेकआउट होने पर

आपको 10 रुपए का मुनाफा मात्र 5 से 10 मिनट में मिल जाता है।

इसी प्रकार, यदि 10,900 की पुट पिछले दिन के हाई 175.35 से ऊपर ब्रेकआउट होती है या ऊपर ही खुलती है तो आप इसमें खरीदारी करें और 10 रुपए का मुनाफा लेकर निकल जाएँ।

यदि 10,900 की पुट पिछले दिन के लो 96.40 से नीचे गिरती है या नीचे ही खुलती है तो आप इसमें शॉर्ट करें और 10 रुपए का मुनाफा लेकर निकल जाएँ।

बैंक निफ्टी के मामले में लॉट साइज मात्र 20 की है। आप उसमें टारगेट 15 से 20 रुपए का भी ले सकते हैं, क्योंकि ब्रोकरेज भी लगता है।

इसी प्रकार, इस '4 स्ट्रोक विधि' से किसी शेयर विशेष की कॉलपुट भी खरीद सकते हैं। प्रीमियम में आपको प्रतिशत से टारगेट का निर्धारण करना हो तो प्रीमियम का लगभग 5 प्रतिशत टारगेट निर्धारण कर सकते हैं, जैसे आपकी किसी कॉल का पिछले दिन का उच्चतम स्तर 405.60 था। आप इसको 410 पर ब्रेकआउट होने के बाद खरीदते हैं तो आपका टारगेट 410 का 5 प्रतिशत, अर्थात् 20 रुपए के आस-पास रखना है। ज्यादा लालच करना इसमें उचित नहीं है, क्योंकि कॉलपुट जितनी तेजी से बढ़ती है, उतनी ही तेजी से गिरती भी है।

अब प्रश्न आता है स्टॉप लॉस का कि इस विधि में स्टॉप लॉस कितना रखें?

स्टॉप लॉस समय आधारित इसमें सबसे अच्छा रहता है, अर्थात् 5 मिनट का स्टॉप लॉस यदि आपका ब्रेकआउट सच्चा है तो 5 प्रतिशत या 10 से 15 रुपए का गेन आपको 5 मिनट में मिल जाता है। यदि 5 मिनट में टारगेट नहीं मिले तो 5 मिनट बाद कलेजा मजबूत करके जो भी नफा-नुकसान है, समेट लीजिए।

मैं समय आधारित स्टॉप लॉस, इसलिए बता रहा हूँ कि कॉलपुट बहुत ही तेजी और बहुत उतार-चढ़ाव से ऊपर-नीचे होती है। इसमें आपका ज्यादा पास में रखा हुआ स्टॉप लॉस बहुत तेजी से हीट हो जाएगा।

अब टारगेट ही 5 प्रतिशत का हो तो स्टॉप लॉस नियम से तो उससे भी आधा 2.5 प्रतिशत ही बनेगा, जो बहुत कम होने से स्टॉप लॉस टूटकर फिर टारगेट मिल सकता है, इसलिए 5 मिनट का प्रयोग बेहतर रहता है।

प्रैक्टिकल में इस विधि का प्रयोग करने से पहले कुछ दिन काल्पनिक अभ्यास करें। आपको क्या स्टॉप लॉस रखें, इसका अनुभव हो जाएगा।

सौभाग्य से, इस विधि को करने के लिए घीसू भाई सहमत हो गए और उन्होंने अगले दिन मात्र 10,000 के प्रीमियम को 5 मिनट के लिए रिस्क पर रखकर बैंक निफ्टी में अपना पहला 400 रुपए का मुनाफा बहुत ही सुविधा से कमा लिया, क्योंकि उनके ब्रोकर के पास जी.टी.टी. ऑर्डर भरने की सुविधा थी। 'जी.टी.टी. ऑर्डर', अर्थात् 'गुड टिल ट्रिगर ऑर्डर' में आदेश किस प्राइस पर ट्रिगर होगा, यह पहले से फीड करके रखा जा सकता है तथा टारगेट व स्टॉप लॉस भी फीड किए जा सकते हैं। मैंने सिर्फ टारगेट फीड करवाया, स्टॉप लॉस उनको कहा, समय आधारित रखें, ट्रिगर होने के 5 मिनट में टारगेट न मिले तो निकल जाएँ। पर घीसू भाई सौभाग्यशाली रहे। उन्हें 5 मिनट के अंदर-अंदर 21 प्वाइंट का मुनाफे का टारगेट मिल गया।

अब वह रोज निफ्टी व बैंक निफ्टी दोनों में इस विधि से ऑर्डर पहले से कॉल व पुट दोनों में मात्र खरीदने का भरकर रखते थे, क्योंकि उनके पास शॉर्ट करना, अर्थात् राइट करने के लायक पर्याप्त मार्जिन नहीं था। पर जिनके पास मार्जिन है, वे दोनों तरफ का लाभ ले सकते हैं।

इसलिए लगभग 80 प्रतिशत मामलों में उनको रोज निफ्टी व बैंक निफ्टी से 700 से 400 की आय मिलने लगी। कभी भी 5 मिनट में 2,000 का घाटा भी हुआ तो उन्होंने बुक करने की हिम्मत दिखाई। कभी भी ट्रिगर होने के बाद 5 मिनट से ज्यादा इंतजार नहीं किया। आप चाहें तो 10 प्वाइंट का स्टॉप लॉस रख सकते हैं।

आप थोड़े दिन कागज पर ट्रेड करके देख सकते हैं कि क्या होता है, पर इसकी सफलता की दर बहुत ही शानदार है। यदि सिर्फ खरीदने के दो ही सौदे रोज जी.टी.टी. ऑर्डर से रखे जाएँ और 1-1 लॉट ही प्रारंभ में रखा

जाए तो 5 मिनट का समय आधारित स्टॉप लॉस भी बहुत ज्यादा नहीं है। आप फिर भी स्टॉप लॉस रखना चाहें तो 20 प्वाइंट के टारगेट के लिए 10 प्वाइंट का स्टॉप लॉस रखना अच्छा रहता है; या 10 प्वाइंट का टारगेट रखकर 10 प्वाइंट का स्टॉप लॉस रखें।

पर **यह एकमात्र विधि है, जिसमें नेकड कॉल या पुट खरीदना कुछ हद तक सेफ होगा, नहीं तो आपको पैसे का पेड़ लगाकर ई.टी.एफ. व कवर्ड कॉल के कॉम्बीनेशन से पैसा कमाना होगा,** जो आगे के दो अध्यायों में बताया जाएगा।

□

8

ऑप्शन से नियमित मासिक आय कैसे प्राप्त करें?

प्रिय पाठको, यह अध्याय यदि आप अच्छी प्रकार से समझ जाएँगे तो यह अकेला अध्याय ही आपके लिए इस पुस्तक को खरीदना सार्थक कर सकता है और मुझे पूर्ण विश्वास है कि इस पुस्तक का यह महत्त्वपूर्ण अध्याय पढ़ने के बाद आप इस पुस्तक को अवश्य ही पाँच स्टार रिव्यू देंगे।

तीन वर्ष पहले मैंने इसी विषय पर एक वीडियो भी मेरे यू-ट्यूब चैनल पर डाला था। जिनको वह वीडियो समझ में आ गया, उन्होंने उसकी बहुत प्रशंसा की। परंतु जिनके समझ में पूरी तरह नहीं आया, उनके मन में अनेक अनसुलझे सवाल रह गए और मुझे आपके कमेंट्स में भी बहुत सारी जिज्ञासाओं का पता चला।

चलिए, अब भूमिका को ज्यादा लंबा न खींचकर सीधे कहानी पर चलते हैं। मैंने घीसू भाई को बताया कि कॉल राइट करना हमेशा बुरा नहीं होता। यदि आप समझदारी व विवेक से कवर्ड कॉल राइट करते हैं तो यह न केवल सुरक्षित होता है, बल्कि इस रणनीति से आप नियमित मासिक आय भी उत्पन्न कर सकते हैं।

यहाँ तक कि इस विधि में कई बार तो आपके एक भी शेयर खरीदे या बेचे बगैर मासिक/साप्ताहिक आमदनी मिल सकती है। घीसू भाई यह सुनकर बहुत रोमांचित हो चुके थे। इसलिए अब वे पहले कवर्ड कॉल ही सीखना चाहते थे। कुछ पाठक हो सकता है, कवर्ड कॉल के बारे में पहले से ही जानते

हों। उनसे भी मेरी प्रार्थना है कि अब तक सीखे हुए ज्ञान को भूलकर एक बार मैं जो सीखा रहा हूँ उसको ध्यान से पढ़े। इससे आपके इस टॉपिक पर बहुत से भ्रम क्लियर हो जाएँगे।

अमेरिका में इस विधि का बहुत से सेवानिवृत्त लोग नियमित मासिक/साप्ताहिक आय जेनरेट करने के लिए उपयोग कर रहे हैं। आपको यह भी जानकर बहुत आश्चर्य होगा कि भारत में हम लोग इस मामले में कितने वर्ष पीछे चल रहे हैं?

वर्ष 1975 में अमेरिका में एक रिसर्च आलेख प्रकाशित हुआ था। उसमें सर्वप्रथम इस स्ट्रेटजी का वर्णन किया गया था। फिशर ब्लैक द्वारा लिखित सन् 1975 के इस आलेख 'Fact and fantasy in the use of options' को पढ़कर आप यह समझ सकते हैं, जो स्ट्रेटजी सन् 1975 से दुनिया भर के निवेशक/टेडर उपयोग कर रहे हैं, वह कितनी सुरक्षित कामयाब स्ट्रेटजी हो सकती है। इसी स्ट्रेटजी को कवर कॉल में मासिक आय कमाने के लिए सर्वप्रथम आपके पास किसी अच्छी ब्लूचिप कंपनी के शेयर उतनी मात्रा में कैश में खरीदे हुए डीमैट में होल्ड होने चाहिए, जितना कि उस शेयर का ऑप्शन में लॉट है।

जैसे कि आप भारत की सबसे ज्यादा मार्केट कैप वाली कंपनी रिलायंस में कवर कॉल करके नियमित आय कमाना चाहते हैं तो रिलायंस का ऑप्शन में लॉट साइज 500 का है तो आपके पास रिलायंस के कम-से-कम 500 शेयर होल्ड हों, तभी आप कवर कॉल का मजा ले सकेंगे।

अब कवर कॉल भी दो तरह की होती है—

1. **सैल-राइट कवर कॉल**
2. **बाय-राइट कवर कॉल।**

1. **सैल-राइट कवर कॉल :** इसमें ऑप्शन राइटर अपने पास होल्ड शेयरों के मार्केट प्राइस से नीचे के स्ट्राइक प्राइस पर कॉल ऑप्शन को बेचता है।

इस बिंदु को ढंग से समझ नहीं पाने के कारण अनाड़ी व जिद्दी

प्रकृति के फॉलोवर्स बहस करने लगते हैं कि यह स्ट्रेटजी बहुत खतरनाक है। इसमें तो बहुत ज्यादा रिस्क है, परंतु उक्त दोनों में से एक भी स्ट्रेटजी खतरनाक नहीं है। हाँ, रिस्क जो भी है, वह नेकड ऑप्शन की तुलना में बहुत कम होता है।

घीसू भाई बोले, "सर, मेरे कुछ भी समझ में नहीं आ रहा। आप जो कुछ भी समझा रहे हैं, वह सब मेरी समझ से बाहर की बातें हैं।" मैंने कहा, "धैर्य रखो मैं आपको सबकुछ उदाहरणों सहित समझाऊँगा और आपकी सब समझ में आ जाएगा।" पहले मैं आपको उदाहरण से ही समझाता हूँ, ताकि आपको सबकुछ समझ में आ जाए। मान लो, आपके पास कैश में खरीदे हुए रिलायंस कंपनी के 500 शेयर हैं।

माना कि इस कंपनी के एक शेयर का बाजार मूल्य इस समय 1,400 रुपए चल रहा है। ऑप्शन चैन में रिलायंस के स्ट्राइक प्राइस में 20-20 रुपए का अंतर है, अर्थात् रिलायंस के ऑप्शन 1280-1300, 1320-1340, 1360-1380, 1400-1420, 1440-1460, 1480-1500—इस प्रकार से है।

अब ऐसा निवेशक यदि मार्केट प्राइस 1400 से 100 रुपए कम पर, अर्थात् 1300 की कॉल को राइट करता है या बेचता है और उस समय यदि 1300 की 'इन द मनी कॉल' का प्रीमियम 180 रुपए सेल हो रहा होता तो उसे 180×500=90,000 का प्रीमियम मिल जाएगा।

इस सेल राइट कॉल में यहाँ 500 शेयर होल्ड की शर्त है, अर्थात् आपने एक बार लॉट साइज के बराबर शेयर खरीद कर होल्ड कर लिये तो प्रत्येक माह इन होल्ड स्टॉकों के सुरक्षा कवर के साथ कॉल राइट करके आप कमा सकते हैं।

यहाँ पर होल्ड किए गए शेयरों की मार्केट वैल्यू कॉल राइट करते समय 1400×500=7 लाख रुपए थी। अब यदि एक्सपायरी का

मार्केट प्राइस 1,280 था तो वास्तव में आपको होल्ड किए गए शेयरों पर 120 प्रति शेयर से 120×500=60,000 का नुकसान हुआ, पर आपका 1300 की कॉल बेचने पर 90 हजार प्रीमियम के पहले ही मिल गए थे, जिससे आपको कुल मिलाकर 30,000 का फायदा ही हुआ तथा यदि आपने होल्ड शेयरों की एवज में कॉल राइट नहीं की होती तो आपको इनका प्राइस गिरने से 60,000 का नुकसान होता, जो कॉल राइट करने पर न केवल रिकवर हो गया, बल्कि आपको 30,000 का फायदा भी हो गया।

2. अब सोचिए कि यदि एक्सपायरी को रिलायंस का प्राइस घटकर 1,100 ही रह गया होता तो क्या होता? तो भी आपकी 1,300 की राइट की गई कॉल वर्थलेस एक्सपायर हो जाती और आपको पूरा प्रीमियम 90,000 मिल जाता। पर यही वह बिंदु है, जहाँ पर मेरे जिद्दी फॉलोवर्स बहस करते हैं और मुझसे नाराज होते हैं तथा मेरे इस विषय पर डाले गए यू-ट्यूब वीडियो पर मुझे गालियाँ निकालते हैं। आप पूछेंगे क्यों? 90,000 रुपए मिल गए, फिर गालियाँ क्यों निकालते हैं? वे गालियाँ इसलिए निकालते हैं कि वे कहते हैं कि होल्ड किए गए 500 शेयर का मार्केट प्राइस 300 रुपए प्रति शेयर गिर जाने से होल्ड किए गए 500 शेयरों पर वास्तव में 1.50 लाख का नुकसान हुआ, पर प्रीमियम मिला मात्र 90,000 रुपए। इसलिए वास्तव में उनको 1,50,000–90,000=60,000 का शुद्ध नुकसान हुआ।

ऐसे समझदार फॉलोवर्स बगैर कैश में शेयर होल्ड किए नेकड कॉल को राइट करना ज्यादा होशियारी व समझदारी का कदम मानते हैं। जैसा कि इस पुस्तक की शुरुआत में मैंने लिखा था कि ऑप्शन मार्केट की संरचना इस प्रकार से हुई है कि छोटे निवेशक की जेब से पैसा निकलकर बड़े पूँजीधारकों को जेब में आ जाए। असल में, नेकड कॉल राइट करनेवाले छोटे भोले-भाले निवेशकों

के पास पहली बात तो कैश में 500 शेयर खरीदकर होल्ड करने की क्षमता, अर्थात् 7 लाख रुपए की पूँजी ही नहीं होती, इसलिए वे बगैर कैश में खरीदे शेयर होल्ड किए नेकड कॉल राइट करते हैं और अपने अहं (ईगो) को संतुष्ट करने तथा अपने आप को सही ठहराने के लिए नेकड कॉल राइट करते हैं। सौभाग्य से मार्केट गिर जाए तो प्रीमियम मिल जाने की खुशी में अपने आप को समझदार मानते हैं। परंतु जरा सोचिए, यदि 1,300 की कॉल 180 प्रीमियम लेकर नेकड राइट की होती और प्राइस बढ़कर 1,700 हो गया होता तो क्या होता? तो ऐसे नेकड कॉल राइट करनेवालों को प्रति शेयर 400 का नुकसान होता और 500 के लॉट पर 2 लाख का नुकसान होता तथा उनको मिला प्रीमियम 90,000 कम करने पर वे 1.10 लाख के शुद्ध नुकसान में होते।

यहाँ यह नुकसान भी चक्रवृद्धि होता है, अर्थात् ऐसा छोटा निवेशक एक महीने यदि 90,000 का प्रीमियम कमा लेता है तो उसको अपनी होशियारी पर पूरा विश्वास हो जाता है, जिससे वह अगले महीने 1 नेकड कॉल की जगह 5 नेकड कॉल राइट करता है। सौभाग्य से, दूसरे महीने भी 40-50 हजार कमा लेता है तो वह मदहोश हो जाता है। फिर वो 20 कॉल एक साथ राइट कर बैठता है। बस, अब प्राइस बेतहाशा बढ़ जाते हैं, स्टॉप लॉस फेल हो जाते हैं, मार्केट गैप अप ही खुलता है और 20 लॉट पर प्रति लॉट 1 लाख का नुकसान होकर 20 लाख साफ हो जाते हैं।

कई बार तो ऐसी हालत में फँसे हुए निवेशक आत्महत्या तक कर लेते हैं, इसलिए मैं नेकड कॉल राइट करने का घोर विरोधी हूँ। यही यदि कवर्ड कॉल राइट करने की बात होती है तो पहली बात तो कवर्ड कॉल आपकी हैसियत दिखाती है, यदि आपके पास 500 शेयर (मिनिमम 1 लॉट साइज) है तो आपकी हैसियत कॉल का सिर्फ 1 लॉट राइट करने की होगी और आप 1 से ज्यादा लॉट राइट ही नहीं करेंगे।

यदि कवर्ड कॉल थ्योरी से आप 20 लॉट राइट करना चाहते तो पहले

आपके 500×20=10,000 शेयर होने आवश्यक थे, जो कि 1.40 करोड़ के होते हैं और आपकी हैसियत यदि 1.40 करोड़ के शेयर खरीदने की होती, तब आप 20 लॉट कॉल राइट कर देते और प्राइस बढ़कर 1,400 से 1,700 हो जाता तथा आपको यदि प्रति लोट 1.10 लाख रुपए की दर से 22 लाख का भुगतान करना पड़ता तो भी आपके होल्ड किए गए शेयर 1,400 से बढ़कर 1,700 के भाव हो जाने से 1.70 करोड़ के हो गए होते और आप 1.70 करोड़ में से मात्र 22 लाख के शेयर बेचकर हँसते-हँसते इस अंतर राशि का भुगतान कर सकते थे।

अब मूल बिंदु पर वापस आते हैं। अपना मुख्य टॉपिक यह चल रहा था कि यदि 1,400 के मार्केट प्राइस पर खरीदे गए 500 शेयर होल्ड करके 180 का प्रीमियम लेकर 1300 की कॉल का 1 लॉट राइट किया होता व मार्केट प्राइस 300 रुपए गिरकर 1100 रुपए रह गया होता तो हमें 500×300=1,50,000 का होल्डिंग पर नुकसान होता, जबकि प्रीमियम मात्र 90,000 ही मिलता, जिससे 60 हजार का नेट नुकसान होता।

इसका उत्तर यह है कि पहली बात तो यदि आपके पास सिर्फ 500 शेयर होल्ड ही होते और आप कॉल राइट करके इस पोजीशन को हेज नहीं करते तो आपको 1.50 लाख का नुकसान होता, जबकि कॉल राइट करने से 90,000 का प्रीमियम मिल जाने से कम-से-कम यह नुकसान घटकर 60,000 तो रह गया। दूसरा सबसे महत्त्वपूर्ण बिंदु यह है कि जो 90,000 प्रीमियम आपको मिला वह वास्तविक लाभ, अर्थात् रियलाइज्ड प्रॉफिट है, जबकि होल्ड किए गए शेयरों का मार्केट मूल्य कम हो जाने से जो नुकसान हुआ है, वह काल्पनिक नुकसान, अर्थात् 'नोशनल लॉस' है और जब तक आप अपने शेयर बेचेंगे नहीं, तब तक यह नुकसान वास्तविक नुकसान नहीं है तथा आपको शेयर 1,100 के भाव पर बेचकर लॉस बुक करने की आवश्यकता नहीं है। आप 90,000 का प्रीमियम जेब में रखकर अगले महीने फिर से 1,000 की कॉल राइट कर दीजिए। अब आप कहेंगे कि यदि अगले महीने 1,000 की कॉल राइट करने के बाद प्राइस बढ़कर 1,500 हो गया, तब

तो मर जाएँगे न, अर्थात् 500×500=2.50 लाख चुकाने पड़ेंगे।

तब आपने होल्ड शेयरों का भाव भी बढ़कर 1,500 हो जाएगा, जिससे आपको होल्डिंग पर 50,000 का फायदा होगा। 90,000 पिछले महीने का कमाया प्रीमियम आपके पास है। इस माह भी 1,000 की कॉल राइट करने पर हो सकता है, आपको 1,00,000 प्रीमियम और मिल जाए। इससे आपको 50,000+90,000+1,00,000=2,40,000 तो मिल ही चुके हैं। आपका वास्तविक घाटा मात्र 10,000 का होगा।

यद्यपि इस विधि में नेकड कॉल की तुलना में नुकसान कम होता है, फिर भी नुकसान तो होता ही है। इसलिए यह विधि 100 प्रतिशत सुरक्षित नहीं है और मैं कवर्ड कॉल के इस प्रकार को राइट करने की सलाह अपने फॉलोवर्स को नहीं देता। कवर्ड कॉल का दूसरा विकल्प इससे ज्यादा सुरक्षित है तो आइए, दूसरे विकल्प की चर्चा करते हैं—

2. **बाय राइट कवर्ड कॉल :** इसमें कॉल राइटर अपने पास होल्ड शेयर के वर्तमान मार्केट प्राइस से ऊपर की कॉल राइट करता है, जैसे निवेशक के पास 500 शेयर रिलायंस के होल्ड है, जिनका मार्केट प्राइस 1,400 पर चल रहा है तो इस विकल्प में निवेशक 1,400 से ऊपर के स्ट्राइक प्राइस की कॉल राइट करता है। यद्यपि 1,420, 1,440, 1,460, 1,480, 1,500, 1,520, 1,540 सभी 1,400 से ऊपर के स्ट्राइक प्राइस पर कॉल राइटर यह सोचता है कि शेयर के 1,400 से बढ़कर 1,500 तक जाने की संभावना उस महीने में बहुत ही कम है। इसलिए वह अपने पास होल्ड 500 शेयरों की एवज में 1,500 की एक कॉल 36 रुपए प्रीमियम पर राइट करता है, इससे उसको दो फायदे होते हैं—
   1. उसको 36 रुपए प्रति शेयर के हिसाब से 500×36=18,000 का प्रीमियम मिल जाता है। अब यदि रिलायंस का भाव एक्सपायरी तक 1,400–1,500 के बीच में ही रहता है तो कॉल का खरीदार शेयर 1500 के भाव पर खरीदने के अपने

अधिकार का प्रयोंग नहीं करेगा तथा बगैर कोई शेयर खरीदे बेचे कॉल राइटर को यह 18,000 प्रीमियम मिल जाएगा।

2. यदि रिलायंस का भाव एक्सपायरी तक 1,500 या 1,520 तक हो जाता है और कॉल खरीदनेवाला अपने अधिकार का प्रयोग करता है तो कॉल राइटर अपने पास होल्ड शेयर, जो उसने 1,400 के प्राइस पर लिए ये (या इससे भी कम प्राइस पर खरीदे हुए पहले से होल्ड थे) को 1,500–1,520 के भाव पर कॉल खरीदनेवाले को दे देगा। इससे उसे प्रति शेयर 100–120 का मुनाफा होगा, अर्थात् 500×100=50,000 या 120×500=60,000 के मुनाफे के अलावा उसे 18,000 प्रीमियम भी मिल जाएगा।

यद्यपि भारत में ऑप्शन के सभी सौदे कैश में सेटल होते हैं, इसलिए 1,500 की कॉल बेचने पर 1,500 के प्राइस पर कॉल राइटर को कुछ भी नहीं देना पड़ता। 1,520 के प्राइस पर 20×500=10,000 की अंतर राशि देनी पड़ेगी, जबकि प्रीमियम 18,000 मिला था, इसलिए 8,000 प्रीमियम में बच जाएँगे और आपको कोई शेयर खरीदना या बेचना नहीं पड़ेगा।

अब वह बिंदु बताता हूँ, जिस पर मेरा विरोध होता है। फॉलोवर्स यू-ट्यूब पर लिखते हैं, 'यह विधि बहुत खतरनाक है, यदि रिलायंस का भाव 1,600 हो गया और हमने 1,500 की कॉल बेची तो 1,600–1,500=100 रुपए प्रति शेयर के हिसाब से 500 के लॉट पर 50,000 का घाटा हो जाएगा। इसलिए मेरे फॉलोवर्स लिखते हैं कि यह बहुत बकवास विधि है, अतः हमें आप फालतू में गुमराह न करें।'

अरे मूर्खों, आपके पास 1,400 के भाव पर खरीदे हुए 500 शेयर हैं। उनके एवज में 1,500 की कवर्ड कॉल राइट करने पर आपका 100 रुपए का प्रॉफिट सुरक्षित हो गया 1,500 से 1,600 के बीच का जो 100 रुपए प्रॉफिट मिला, वो ही आपके कॉल खरीदनेवाले को दिया।

जैसे वास्तव में 1,600 का भाव हो जाता है तो आप अपने 1,400 के

भाव के 500 शेयर 1,600 के भाव पर बेचकर 200 रुपए प्रति शेयर से 500 शेयर पर 1,00,000 प्रॉफिट बुक करेंगे। 18,000 आपको प्रीमियम मिला। इस 1,18,000 में से ही 1,500–1,600 के बीच के अंतर के 50,000 चुका लेंगे। आपका शुद्ध लाभ अब भी 1,18,000–50,000=68,000 शेष है। मेरा ऐसा जवाब देने पर वह कहते हैं, पर उसके बाद हमारे होल्ड शेयर तो बिक गए, इसलिए आपकी ये बात तो बकवास है कि हर महीने इससे आय हो सकती है। जब हमने 500 शेयर बेच ही दिए तो अगले महीने क्या करेंगे?

इसका जवाब अब मैं क्या दूँ? लोग 68,000 सुरक्षित प्रॉफिट लेकर भी गालियाँ देते हैं, क्योंकि उनके शेयर बिक गए और 1,18,000 प्रोफिट में से 50,000 का प्रॉफिट कॉल खरीदनेवाले को चुकाना पड़ गया। इसका दुःख उन्हें 68,000 की शेष कमाई की खुशी से ज्यादा होता है। फिर यह भी दुःख है कि अब अगले महीने कैसे कवर्ड कॉल राइट होगी?

इसका इलाज भी मैंने सालों की रिसर्च से ढूँढ़कर रखा है। इसीलिए तो इस पुस्तक को पूरा होने में 3 साल लग गए। अब इसका इलाज अगले दो अध्यायों में बताने की इजाजत चाहता हूँ तथा यह अध्याय समाप्त करता हूँ। इसका सारांश पढ़ लीजिए, ताकि कुछ कम समझ में आया हो तो आ जाए।

सारांश

1. कॉल ऑप्शन को बेचना कॉल राइट करना कहलाता है।
2. कॉल राइट करने पर आप एक निर्धारित प्रीमियम प्राप्त करके खरीदनेवाले को आपसे एक निश्चित प्राइस पर शेयर खरीदने का अधिकार देते हैं।
3. कवर्ड कॉल दो प्रकार की होती है—1. सेल राइट कवर्ड कॉल, जिसमें आप अपने पास होल्ड शेयरों के मार्केट प्राइस से कम कीमत पर चल रही कॉल बेचते हैं, 2. बाय राइट कवर्ड कॉल, जिसके आप अपने पास होल्ड शेयरों से अधिक कीमत पर कॉल बेचते हैं।

4. कवर्ड कॉल दोनों ही वस्तुतः रिस्की नहीं हैं, फिर भी सेल राइट कवर्ड कॉल की तुलना में बाय राइट कवर्ड कॉल कम रिस्की है।
5. बाय राइट कवर्ड कॉल में वस्तुतः कोई नुकसान नहीं होता। इसमें यदि कीमत बहुत ज्यादा बढ़ जाने से आपको यदि कॉल खरीदनेवाले को कुछ अंतर राशि चुकानी भी पड़ती है तो आप अपने पास होल्ड शेयरों की कीमत भी बढ़ जाने से आसानी से अंतर राशि कुछ शेयर बेचकर चुका सकते हैं; परंतु इसमें कुछ शेयर बेच लेने पर आपकी होल्डिंग यदि लॉट साइज से कम हो जाती है तो अगले माह आप कवर्ड कॉल राइट करने से वंचित हो सकते हैं।

□

9

कॉल राइटिंग व ई.टी.एफ., एस.आई.पी. का अनूठा शेयर जीनियस फॉर्मूला

घीसू भाई को मेरा 'बाय राइट कवर्ड कॉल' वाला आइडिया बहुत पसंद आया। वो इससे बहुत उत्साहित हुए। पर दो कारणों से उनके अरमान काँच के महल की तरह धराशायी हो गए—

1. पहला कारण था 'न नौ मन तेल होगा, न राधा नाचेगी', अर्थात् बाय राइट कवर्ड कॉल के लिए आपके पास कम-से-कम 1 ऑप्शन लॉट के बराबर शेयर कैश में होल्ड होने चाहिए। कैश का एक लॉट 7 से 8 लाख रुपए का होता है। न तो घीसू भाई के पास 7 से 8 लाख रुपए थे, न इतने शेयर थे। अब उनको समझ में आ रहा था, ऑप्शन मार्केट की संरचना मध्यम वर्ग के पैसा कमाने के लिए नहीं हुई है। यह सिर्फ उच्च क्षमता वाले निवेशकों के लिए है। इससे घीसू भाई बहुत हतोत्साहित हुए। मैं उनके चेहरे पर निराशा का भाव स्पष्ट देख सकता था।
2. दूसरी निराशा की वजह यह भी थी कि यदि उनके शेयर का मार्केट प्राइस 1,400 है और उन्होंने 1,500 की कॉल बेची तथा यदि प्राइस 1,500 से भी ऊपर 1,600 हो गया तो अंतर राशि चुकाने के लिए उनको अपने पास होल्ड शेयरों से कुछ शेयर बेचने पड़ेंगे। इससे होल्ड शेयरों की संख्या लॉट साइज से कम हो जाएगी, जिससे वो अगले महीने कवर्ड कॉल राइट नहीं कर पाएँगे, इसलिए

यह सिस्टम लगातार आय देनेवाला फुल प्रूफ सिस्टम नहीं है।

इसलिए घीसू भाई ने घोर निराशा से कहा कि "सर, आपने कवर्ड कॉल के बारे में बताकर फालतू मेरा समय खराब कर दिया। न तो मेरे पास 7-8 लाख रुपए हैं, न इतने शेयर हैं, न ही आपका सिस्टम लगातार मुनाफा देने में सक्षम है; क्योंकि जब भी शेयरों की संख्या कम हो जाएगी, यह सिस्टम बंद हो जाएगा।"

मैंने घीसू भाई की निराशा को पहले से ही भाँप लिया था, इसलिए उनको निराशा से उबारते हुए कहा कि आपको चिंता की जरूरत नहीं है। मैंने इसके लिए भी ई.टी.एफ., सिप, कवर्ड कॉल का एक 'मिक्स शेयर जीनियस फॉर्मूला' तैयार किया है, जो लगातार स्थायी साप्ताहिक आय प्रदान करने में सक्षम है।

इसमें आपको निफ्टी बीज या बैंक बीज ई.टी.एफ. में मासिक एस.आई. पी. करनी है। असल में, मैं आपको कवर्ड कॉल का प्रयोग किसी शेयर विशेष में न करके निफ्टी या बैंक निफ्टी में करने की सलाह दूँगा; क्योंकि आप कवर्ड कॉल करने के लालच में कंपनी के 7-8 लाख रुपए के शेयर खरीदते हैं और दुर्भाग्य से उस कंपनी के बिजनेस मॉडल में कोई ऐसा बड़ा परिवर्तन आ जाए, जिससे वह कंपनी डूब जाए तो सारा गुड़ गोबर हो जाएगा। इसलिए जब 7-8 लाख रुपए के शेयर होल्ड करने की बात हो, तब हम क्यों न 50 या 30 शेयरों का कॉम्बीनेशन होल्ड करें।

निफ्टी 50 में ऐसे ही 50 शेयर हैं तथा बैंक निफ्टी में भी 21 शेयरों का कॉम्बीनेशन है। इसलिए इंडेक्स पर आधारित ई.टी.एफ. में निवेश करने के एक तरह से हमारी उस इंडेक्स में कैश में होल्डिंग हो जाएगी तथा आप उस इंडेक्स में कवर्ड कॉल राइट कर सकते हैं। यहाँ एक और खुशी की बात है। मध्यम वर्ग के निवेशकों के लिए खुशी का विषय यह है कि इस कॉल को कवर (सुरक्षित) करने के लिए आपको 7-8 लाख के शेयर होल्ड करने की जरूरत भी नहीं है।

मैं ई.टी.एफ., म्यूचुअल फंड, एस.आई.पी. पर एक अलग से पुस्तक

भी लिख रहा हूँ, जिसके शीघ्र प्रकाशित होने की संभावना है। यदि आप ई.टी.एफ., म्यूचुअल फंड, एस.आई.पी. में निवेश करके लाभ कमाने की मेरी विधियों के बारे में ज्यादा जानकारी चाहते हैं तो आप यह पुस्तक बाद में अलग से पढ़ सकते हैं।

यहाँ मैं आपको इस सिस्टम की प्रारंभिक जानकारी दे देता हूँ। इसमें आपको पहले निफ्टी बीज या कोटेक निफ्टी या आई.सी.आई.सी.आई. निफ्टी जैसे उच्च वॉल्यूम वाले निफ्टी ई.टी.एफ. की कम-से-कम 9,500 यूनिट्स एकत्र करनी हैं। 9,500 यूनिट्स होने का फायदा यह है कि इसमें यदि आप कवर्ड कॉल राइट करते रहेंगे तथा मार्केट बहुत ऊपर भी चला जाए, जिससे आपको किसी महीने राइट कॉल पर चुकाने के लिए कुछ यूनिट्स बेचनी भी पड़ जाएँ तो भी आपके पास यूनिट 1 लॉट (7,500) से कम नहीं होगी।

इस सिस्टम में आपकी मासिक आय के 10 प्रतिशत के बराबर राशि की एक एस.आई.पी. लगातार निफ्टी ई.टी.एफ. में करके रखनी है। साथ ही, यदि आपके पास बड़ी पूँजी है तो आप एक साथ 9,500 यूनिट्स खरीद सकते हैं और पूँजी कम है तो आप अपनी मासिक आय के 10 प्रतिशत के बराबर राशि की एक एस.आई.पी. इस ई.टी.एफ. में कर के धीरे-धीरे यूनिटों की संख्या 9,500 तक आने की प्रतीक्षा कर सकते हैं; परंतु चाहे एक साथ 9,500 यूनिट्स खरीदना, चाहे एस.आई.पी. से धीरे-धीरे संख्या बढ़ाएँ, पर आपकी मासिक आय के 10 प्रतिशत के बराबर की एस.आई.पी. 9,500 की यूनिट्स एकत्र हो जाने के बाद भी जारी रहेगी, क्योंकि उसके बाद कवर्ड कॉल से ऑटोमैटिक प्रोफिट बुक होता रहेगा।

आपको प्रतिमाह/प्रति सप्ताह मासिक या साप्ताहिक एक्सपायरी में यदि 9,500 ई.टी.एफ. हो तो 1 कवर्ड कॉल 19,000 हो तो 2 कवर्ड कॉल इस प्रकार से राइट करनी है कि आप वर्तमान मार्केट प्राइस या स्पॉट प्राइस के 5 प्रतिशत ऊपर के स्तर पर यह कॉल राइट करें।

अब निफ्टी हर सप्ताह 5 प्रतिशत तो बढ़ने से रहा, क्योंकि ऐसा होता तो हर माह निफ्टी 20 प्रतिशत बढ़ जाता। यही हाल मासिक एक्सपायरी का

है। निफ्टी हर माह भी 5 प्रतिशत नहीं बढ़ता नहीं तो निफ्टी में सालाना 60 प्रतिशत की ग्रोथ हो जाती, इसलिए 60 से 80 प्रतिशत मामलों में यदि आपने 5 प्रतिशत ऊपर के स्तर पर कॉल राइट की है तो वो वर्थलेस एक्सपायर हो जाएगी तथा आपको पूरा प्रीमियम मिल जाएगा और कोई यूनिट बेचने की जरूरत नहीं होगी। यदि कभी ऐसा हो जाए कि निफ्टी एक्सपायरी पर 5 प्रतिशत से ज्यादा बंद हो जाए तो आपकी 9,500 यूनिट का मूल्य भी इतना तो बढ़ ही जाएगा कि आप उतनी यूनिट्स बेचकर प्रोफिट बुक कर सकते हैं, जिससे आपको जो अंतर राशि चुकानी पड़े वो रिकवर हो जाए।

मजे की बात यह भी है कि आपको कॉल राइट करने के लिए जो मार्जिन चाहे, वो भी आप इन ई.टी.एफ. की यूनिट्स को प्लेज्ड करके प्राप्त कर सकते हैं।

मेरी पुस्तक 'अब्दुल शेयर बाजार में जीरो से हीरो कैसे बना' में आपने पढ़ा होगा कि अब्दुल ने कहा था, 'मैं आजकल शेयरों में ट्रेडिंग नहीं करता और सिर्फ ऑप्शन में ट्रेड करके पैसा कमाता हूँ।' उन मो. अब्दुल अजीज साहब के साथ यही हुआ था। उन्होंने जब मेरी कवर्ड कॉल की विधि सीखी थी, उसके बाद उन्होंने कैश मार्केट में नए शेयर लेना बंद कर दिया और जिस भी शेयर में प्रोफिट बुक होता, वह प्राप्त राशि की निफ्टी बीज ई.टी.एफ. की यूनिट्स खरीद लेते, साथ ही उन्होंने अपनी मासिक आय में 10 प्रतिशत के बराबर की एस.आई.पी., निफ्टी बीज ई.टी.एफ. से अलग में प्रारंभ रखी, जिससे धीरे-धीरे उनके पास निफ्टी बीज ई.टी.एफ. की यूनिट्स की संख्या बढ़कर उस स्तर तक आ पहुँची, जब वे कवर्ड कॉल राइट कर सकते थे।

आप भी जल्दी प्रगति करने के लिए चाहें तो यह फॉर्मूला इस्तेमाल कर सकते हैं; परंतु मेरे पास एक और भी सुरक्षित फॉर्मूला है। एक ई.टी.एफ. पर आधारित रहने पर आप पूँजी की सुरक्षा को लेकर आशंकित हो सकते हैं, क्योंकि आजकल कंपनियों की तरह म्यूचुअल फंड हाउस भी डूब जाते हैं। भारत के शेयर बाजार में निफ्टी 50 पर आधारित 18 ई.टी.एफ. हैं। आप इनमें

से ज्यादा वॉल्यूम वाले 10 ई.टी.एफ. का चयन करके उनमें प्रत्येक ई.टी. एफ. में 950 यूनिट्स के हिसाब से 9,500 यूनिट्स एकत्र कर सकते हैं। इससे एक ही फंड हाउस पर आपकी ज्यादा निर्भरता नहीं रहेगी।

अब घीसू भाई बोले, "सर, यह विधि बहुत बोरिंग है। मुझे शेयर बाजार में लगातार ट्रेडिंग करने का एक चस्का लग गया है। मुझे इस विधि में रोमांच नहीं होगा। मैं तो चाहता हूँ कि ट्रेडिंग के रोमांच के साथ-साथ कवर्ड कॉल भी राइट कर सकूँ।"

मुझे पता था कि ज्यादातर अपने आप को निवेशक कहनेवाले लोग ऐसे ही रोमांच के लिए मार्केट में जल्दी-जल्दी ट्रेड करके पैसा गँवाते रहते हैं। वे मार्केट में ट्रेड क्रिकेट के मैच की तरह रोमांच के लिए करते हैं। इसलिए मैं हँसा। मैंने कहा कि "तब तो आपको पैसे का पेड़ लगाना पड़ेगा, उसमें आपको भरपूर रोमांच मिलेगा।"

"वह कैसे लगाते हैं?" घीसू ने उत्सुकता से पूछा।

अब अगले अध्याय में उस पैसे का पेड़ लगाने की विधि पर प्रकाश डाला जाएगा।

□

10

पैसों का पेड़ कैसे लगाएँ, जिसके फल मिले बगैर इनकम टैक्स चुकाएँ!

आपने कई बार सोचा होगा कि कितना अच्छा होता, यदि पैसे पेड़ पर उगते! आपके बचपन में आपकी फिजूलखर्ची की आदत से तंग आकर आपके माता-पिता ने कई बार आपको ताना मारा होगा, ***'पैसे पेड़ पर नहीं उगते!'*** यदि मैं आपको ऐसा पेड़ लगाना सिखा दूँ, जिस पर समय-समय पर रुपयों के फल लगते रहेंगे और आप अपनी आवश्यकतानुसार फल लेकर नियमित आय प्राप्त कर सकेंगे?

इस अध्याय में मैं आपको निफ्टी ई.टी.एफ. की सहायता से पैसों का एक ऐसा पेड़ लगाना सिखा रहा हूँ, जिससे आपका निवेश व प्रोफिट बुकिंग दोनों ऐसे अनुशासित हो जाएँगे कि आप सोच भी नहीं सकते।

इस सिस्टम की सबसे बड़ी विशेषता यह है कि इससे मिलनेवाले प्रोफिट पर आपको एक वर्ष के बाद बुक प्रोफिट पर कोई भी इनकम टैक्स नहीं चुकाना पड़ेगा; परंतु यदि आपके पेड़ पर 1 साल से पहले भी फल आ जाते हैं तो इस एक साल से पहले के बुक प्रोफिट पर भी नाममात्र का आय कर देना होगा, जो 0.50 प्रतिशत से भी कम होगा; जबकि सामान्यत: आप 1 साल से पहले प्रोफिट बुक करते हैं तो आपको 15 प्रतिशत की दर से शॉर्ट टर्म कैपिटल गेन्स टैक्स देना पड़ता है।

आमतौर पर आप कोई वृक्ष लगाते हैं तो वह 3 से 7 वर्ष में फल देना प्रारंभ करता है। मेरा यह वृक्ष आपको फल देना तो 1 सप्ताह से 3 माह में ही प्रारंभ कर देता है; परंतु हो सकता है, आप लॉन्ग टर्म कैपिटल गेन्स टैक्स की छूट का फायदा लेने के लिए 1 साल बाद फल तोड़ना शुरू करें।

इस विधि में आपको निफ्टी बीज, एस.बी.आई. निफ्टी ई.टी.एफ. या कोटेक निफ्टी ई.टी.एफ. जैसे या निफ्टी पर आधारित किसी बड़े ई.टी.एफ. का चयन करना है, जिसमें वॉल्यूम ज्यादा होता है।

अब आप पहले तो यह तय कीजिए कि आपको प्रतिमाह लगभग कितनी राशि का निवेश अपने पैसे के वृक्ष को उगाने में करना है! यदि आप प्रतिमाह 20,000 रुपए का निवेश करना चाहते हैं तो इस राशि के चार भाग कर लीजिए। अब जैसे आप किसी म्यूचुअल फंड में एस.आई.पी. करते हैं, वैसे ही आपको प्रति सप्ताह एक वार तय करके उस दिन निफ्टी बीज/निफ्टी ई.टी.एफ. में 5,000 रुपए का निवेश करना है।

जैसे मान लो, आपने शुक्रवार का दिन इस शुभ कार्य के लिए तय किया। इसे 'शुभ कार्य' इसलिए कहा है, क्योंकि यदि आपको पैसों का पेड़ समझ आ गया तथा आपने निर्णय कर लिया कि आप सब ट्रेडिंग वगैरह छोड़कर इसमें आ जाएँगे तो यकीन मानिए, आपका यह कदम आपकी जिंदगी बदलकर रख देगा और आपको शेयर मार्केट से ऐसी कर मुक्त नियमित आय प्राप्त होती रहेगी कि आप सोच भी नहीं सकते!

तो यदि आपने शुक्रवार तय किया है तो आप शुक्रवार को कभी भी निफ्टी ई.टी.एफ. के 2,000, 5,000, 10,000, 15,000 रुपयों के या उतनी राशि के शेयर खरीदेंगे, जितना आपके लिए कंफर्ट हो और आप प्रति सप्ताह उतनी राशि का निवेश आसानी से कर सकें।

अब यह आपकी मरजी है कि आप इसको लिमिट ऑर्डर से खरीदें या चालू मार्केट में किसी भी समय खरीदें। इसमें कोई दिमाग नहीं लगाना। आप किसी भी समय, किसी भी भाव पर खरीद सकते हैं।

आपको सरलता से समझ में आ जाए, इसके लिए मैं अपने पैसों के

पेड़ की इस पूरी कहानी को आपको साथ-साथ पुराने डाटा की सहायता से समझाता हुआ चलूँगा। इसके लिए मैंने निफ्टी बीज ई.टी.एफ. के 5 मई, 2017 से 9 अगस्त, 2018 तक के डाटा का उपयोग किया है, ताकि आपको कहानी में प्रैक्टिकल के साथ में समझाता रहूँ तो आपको कहानी की सत्यता की भी पुष्टि होती रहे तथा आपको सरलता से इसके तथ्य आत्मसात् भी हो सकें।

5 मई, 2017 को शुक्रवार था और आप 5 मई, 2017 से 11 मई, 2017 तक के निफ्टी बीज के प्राइस डाटा इस सारणी में देखिए—

दिनांक	खुली	उच्च	कम	पिछला बंद	एलटीपी	पास
05 मई, 17	957	957	947.5	955.64	949.3	949.02
08 मई, 17	955	955	949.58	949.02	950.75	950.27
09 मई, 17	955	955	950.25	950.27	951.25	951.12
10 मई, 17	953	960.7	952.51	951.12	960.7	960.03
11 मई, 17	963	964.79	960	960.03	961.72	961.13

आपको समझाने के लिए मैंने यह माना है कि आप क्लोज प्राइस पर शेयर खरीदते या बेचते हैं। जिनको क्लोज प्राइस व एल.टी.पी. में अंतर नहीं पता, उनके लिए समझा दूँ कि मार्केट बंद होने से आधा घंटा पहले जो भी ट्रेड होती है, उनके औसत प्राइस को 'क्लोज प्राइस' कहते हैं; जबकि एल.टी. पी. या 'लास्ट ट्रेडिंग प्राइस' अंतिम ट्रेड जिस प्राइस पर होती है, वह होता है।

तो हम यह मानेंगे कि हम प्रत्येक शुक्रवार को क्लोज प्राइस पर, अर्थात् मार्केट के आखिरी आधे घंटे के किसी प्राइस पर शेयर खरीद रहे हैं। आपको 5,000 रुपए का निवेश करना है तो 5 मई, 2017 के क्लोज प्राइस 949.02 पर आप लगभग 5 शेयर खरीद लेते और आपका 4,745.10 रुपए का निवेश होता। गणना में सरलता के दृष्टिकोण से मैंने ब्रोकरेज जी.एस.टी., एस.टी.टी.

आदि अन्य व्यय को शामिल नहीं किया है।

अब हम रोज क्लोज प्राइस से हमारे होल्ड शेयरों की जो मार्केट वैल्यू बनी, उस पर हमारे बेसिक निवेश से कितना फायदा है, उस पर गौर फरमाते रहेंगे। जब भी हमें हमारे बेसिक निवेश पर 1,000 रुपए से ज्यादा फायदा मिलेगा, तब हम केवल उतने शेयर बेचकर प्रोफिट बुक करेंगे, जितने में ये 1,000 रुपए से ऊपर का सिर्फ लाभ मिल जाए।

"कैसे? मैं कुछ समझा नहीं?" घीसू भाई ने बीच में टोका।

"समझने के लिए अब 5 मई, 2017 से 11 मई, 2017 तक हमारे 5 शेयरों की क्लोज प्राइस पर मार्केट वैल्यू व बेसिक निवेश राशि 4,745.10 रुपए पर हमारा लाभ-हानि इस सारणी में देखिए—

दिनांक	बंद	कुल हिस्सा	बाजार मूल्य करीब	मूल निवेश मूल्य	लाभ हानि
05 मई, 17	949.02	5	4,745.1	4,745.1	0
08 मई, 17	950.27	5	4,751.35	4,745.1	6.25
09 मई, 17	951.12	5	4,755.6	4,745.1	10.5
10 मई, 17	960.03	5	4,800.15	4,745.1	55.05
11 मई, 17	961.13	5	4,805.65	4,745.1	60.55

अब चूँकि 11 मई, 2017 को हमारे मूल निवेश पर हमें मात्र 60.55 रुपए का फायदा था, इसलिए हमने कोई प्रोफिट बुकिंग नहीं की; क्योंकि जब भी हमें हमारे बेसिक निवेश पर 1,000 रुपए से ऊपर का फायदा होगा, तभी हम प्रोफिट बुकिंग करेंगे। जब तक 1,000 से कम फायदा या नुकसान रहेगा, तब तक हम अपनी साप्ताहिक एस.आई.पी. को शुरू रखेंगे, अर्थात् हर सप्ताह हम 5,000 रुपए का निवेश शुक्रवार को मार्केट बंद होने के आखिरी 30 मिनट में करते हुए मार्केट प्राइस पर यूनिट्स खरीदना जारी रखेंगे।

परंतु इसमें मूल शर्त क्या है?

मूल शर्त यह रहेगी कि हम कभी भी एवरेज प्राइस नहीं निकालेंगे, न

एवरेज प्राइस की गणना करेंगे। हम तो यह देखेंगे कि हमारा मूल निवेश, अर्थात् बेसिक इन्वेस्टमेंट वैल्यू क्या है? इसके लिए आप अलग से एक्सेल शीट भी बनाकर रख सकते हैं तथा लाभ-हानि हमेशा हमारे मूल निवेश या बेसिक इन्वेस्टमेंट पर ही गणना करेंगे।

जैसे अगले सप्ताह हमने फिर 5,000 के निफ्टी बीज ले लिये। इस प्रकार हर सप्ताह ले लेते। आखिरकार 10 जुलाई, 2017 को जब हमारे पास 50 शेयर हो गए थे, तब 10 जुलाई, 2017 के क्लोज प्राइस पर हमें कुल मिलाकर 1,245.70 रुपए का लाभ हो रहा था, जो 1,000 रुपए से ज्यादा लाभ था। आगे बढ़ने से पहले आप 12 मई, 2017 से 10 जुलाई, 2017 तक तीन माह की स्थिति इस सारिणी में देख लीजिए—

दिनांक	बंद	शेयर खरीदें	निवेश	कुल हिस्सा	बाजार मूल्य करीब	मूल निवेश मूल्य	लाभ हानि
05 मई, 17	949.02	5	4,745.1	5	4,745.1	4,745.1	0
08 मई, 17	950.27			5	4,751.35	4,745.1	6.25
09 मई, 17	951.12			5	4,755.6	4,745.1	10.5
10 मई, 17	960.03			5	4,800.15	4,745.1	55.05
11 मई, 17	961.13			5	4,805.65	4,745.1	60.55
12 मई, 17	959.47	5	4,797.35	10	9,594.7	9,542.45	52.25
15 मई, 17	963.05			10	9,630.5	9,542.45	88.05
16 मई, 17	970.65			10	9,706.5	9,542.45	164.05
17 मई, 17	972.12			10	9,721.2	9,542.45	178.75
18 मई, 17	962.33			10	9,623.3	9,542.45	80.85
19 मई, 17	962.53	5	4,812.65	15	14,437.95	14,355.1	82.85
22 मई, 17	963.64			15	14,454.6	14,355.1	99.5
23 मई, 17	958.01			15	14,370.15	14,355.1	15.05
24 मई, 17	955.32			15	14,329.8	14,355.1	–25.3

दिनांक	बंद	शेयर खरीदें	निवेश	कुल हिस्सा	बाजार मूल्य करीब	मूल निवेश मूल्य	लाभ हानि
25 मई, 17	970.46			15	14,556.9	14,355.1	201.8
26 मई, 17	978.89	5	4,894.45	20	19,577.8	19,249.55	328.25
29 मई, 17	980.29			20	19,605.8	19,249.55	356.25
30 मई, 17	981.75			20	19,635	19,249.55	385.45
31 मई, 17	982.22			20	19,644.4	19,249.55	394.85
01 जून, 17	982.07			20	19,641.4	19,249.55	391.85
02 जून, 17	986.33	5	4,931.65	25	24,658.25	24,181.2	477.05
05 जून, 17	989.44			25	24,736	24,181.2	554.8
06 जून, 17	985.5			25	24,637.5	24,181.2	456.3
07 जून, 17	987.78			25	24,694.5	24,181.2	513.3
08 जून, 17	987.38			25	24,684.5	24,181.2	503.3
09 जून, 17	989.54	5	4,947.7	30	29,686.2	29,128.9	557.3
12 जून, 17	983.25			30	29,497.5	29,128.9	368.6
13 जून, 17	984.24			30	29,527.2	29,128.9	398.3
14 जून, 17	983.71			30	29,511.3	29,128.9	382.4
15 जून, 17	980.4			30	29,412	29,128.9	283.1
16 जून, 17	980.52	5	4,902.6	35	34,318.2	34,031.5	286.7
19 जून, 17	988.26			35	34,589.1	34,031.5	557.6
20 जून, 17	988.77			35	34,606.95	34,031.5	575.45
21 जून, 17	985.75			35	34,501.25	34,031.5	469.75
22 जून, 17	985			35	34,475	34,031.5	443.5
23 जून, 17	980.29	5	4,901.45	40	39,211.6	38,932.95	278.65
27 जून, 17	973.47			40	38,938.8	38,932.95	5.85
28 जून, 17	972.68			40	38,907.2	38,932.95	−25.75

दिनांक	बंद	शेयर खरीदें	निवेश	कुल हिस्सा	बाजार मूल्य करीब	मूल निवेश मूल्य	लाभ हानि
29 जून, 17	973.55			40	38,942	38,932.95	9.05
30 जून, 17	975.98	5	4,879.9	45	43,919.1	43,812.85	106.25
03 जुलाई, 17	984.21			45	44,289.45	43,812.85	476.6
04 जुलाई, 17	985.08			45	44,328.6	43,812.85	515.75
05 जुलाई, 17	987.86			45	44,453.7	43,812.85	640.85
06 जुलाई, 17	992.07			45	44,643.15	43,812.85	830.3
07 जुलाई, 17	990.09	5	4,950.45	50	49,504.5	48,763.3	741.2
10 जुलाई, 17	1,000.18			50	50,009	48,763.3	1245.7

आपने देखा कि 10 जुलाई, 2017 को हमारी बेसिक इन्वेस्टमेंट राशि पर हमें 1,245.70 रुपए का शुद्ध लाभ हो रहा था। अब हमें अपना यह प्रॉफिट 1,245.70 रुपए मार्केट से निकालना है। इसके लिए हम अगले दिन 11 जुलाई, 2017 को मात्र 1 यूनिट 10 जुलाई के क्लोज प्राइस 1008.18 पर लिमिट ऑर्डर लगाकर बेचेंगे, क्योंकि 2 यूनिट बेचेंगे तो प्रोफिट बुकिंग 1245.70 से ज्यादा हो जाएगी, इसलिए 1 ही शेयर बेचेंगे।

अब हमने 1,008.18 रुपए इसमें से यह मानकर निकाल लिये कि हमने जैसे प्रोफिट ही निकाला है, अर्थात् हमने हमारे पेड़ का पहला फल तोड़ लिया है।

अब हमारे पास 49 शेयर शेष रह गए हैं। हमने जो 50 शेयर खरीदे थे, उनमें हमारा मूल निवेश 48,763.30 का था। इस मूल निवेश को कम नहीं करना है। हमें अभी भी यही मानना है कि हमारा मूल निवेश इतना ही है, हमने तो प्रोफिट में से 1,008.18 रुपए लिये हैं, अर्थात् मात्र फल तोड़ा है, मूल पेड़ वैसा-का-वैसा है।

अर्थात् अब अगले 1,000 रुपए से ऊपर के प्रोफिट की गणना करते समय हमें अपना मूल निवेश 48,763.30 ही मानकर चलना है तथा जो भी

नई यूनिट्स खरीदेंगे, उसका निवेश इस मूल निवेश में जोड़कर इस पर 1,000 प्रोफिट की गणना करनी है।

इससे क्या फायदा हुआ?

पहला फायदा यह हुआ कि यह हम जानते हैं कि हमने 1,008.18 रुपए प्रोफिट में से निकाले हैं, वो भी मात्र 2 माह 5 दिन में; पर आय कर नियमों के अनुसार यह आपका प्रोफिट नहीं है। आपने 1 शेयर बेचा है, जिसका औसत खरीद मूल्य 975.26 रुपए था, जिसे आपने 1,008.18 में बेचा तो आय कर नियमों के हिसाब से आपने मात्र 32.92 रुपए का प्रोफिट बुक किया है, जिसमें से भी ब्रोकरेज एस.टी.टी., जी.एस.टी. डिलीवरी चार्ज के 20 रुपए के लगभग कम होंगे तो आपने कुल लाभ 13 रुपए का लिया है, जिसका 15 प्रतिशत शॉर्ट टर्म कैपिटल गेन्स टैक्स 1.95 रुपए का टैक्स बनेगा, अर्थात् 1,008.18 प्रोफिट का आय कर मात्र 1.95 आपको देना होगा, जो कि लगभग 0.20 प्रतिशत की दर से है। इसी प्रकार, यह पेड़ एक साल से पुराना होने के बाद आप यदि कोई शेयर बेचेंगे तो यह 1 साल पहले खरीदा गया शेयर, बेचा गया माना जाने से आपकी कर देयता 1 लाख के प्रोफिट तक लॉन्ग टर्म कैपिटल गेन्स पर शून्य बनेगी।

अब आप पूरे 15 महीने के डाटा को एक साथ देखिए कि कब-कब, कैसे-कैसे मात्र इतने शेयर बेचे कि सिर्फ प्रोफिट ले लें, बाकी मूल राशि मार्केट में बनी रहे।

दिनांक	बंद	शेयर खरीदें	निवेश	कुल हिस्सा	बाजार मूल्य करीब	मूल निवेश मूल्य	लाभ हानि
05 मई, 17	949.02	5	4,745.1	5	4,745.1	4,745.1	0
08 मई, 17	950.27			5	4,751.35	4,745.1	6.25
09 मई, 17	951.12			5	4,755.6	4,745.1	10.5
10 मई, 17	960.03			5	4,800.15	4,745.1	55.05
11 मई, 17	961.13			5	4,805.65	4,745.1	60.55
12 मई, 17	959.47	5	4,797.35	10	9,594.7	9,542.45	52.25

दिनांक	बंद	शेयर खरीदें	निवेश	कुल हिस्सा	बाजार मूल्य करीब	मूल निवेश मूल्य	लाभ हानि
15 मई, 17	963.05			10	9,630.5	9,542.45	88.05
16 मई, 17	970.65			10	9,706.5	9,542.45	164.05
17 मई, 17	972.12			10	9,721.2	9,542.45	178.75
18 मई, 17	962.33			10	9,623.3	9,542.45	80.85
19 मई, 17	962.53	5	4,812.65	15	14,437.95	14,355.1	82.85
22 मई, 17	963.64			15	14,454.6	14,355.1	99.5
23 मई, 17	958.01			15	14,370.15	14,355.1	15.05
24 मई, 17	955.32			15	14,329.8	14,355.1	−25.3
25 मई, 17	970.46			15	14,556.9	14,355.1	201.8
26 मई, 17	978.89	5	4,894.45	20	19,577.8	19,249.55	328.25
29 मई, 17	980.29			20	19,605.8	19,249.55	356.25
30 मई, 17	981.75			20	19,635	19,249.55	385.45
31 मई, 17	982.22			20	19,644.4	19,249.55	394.85
01 जून, 17	982.07			20	19,641.4	19,249.55	391.85
02 जून, 17	986.33	5	4,931.65	25	24,658.25	24,181.2	477.05
05 जून, 17	989.44			25	24,736	24,181.2	554.8
06 जून, 17	985.5			25	24,637.5	24,181.2	456.3
07 जून, 17	987.78			25	24,694.5	24,181.2	513.3
08 जून, 17	987.38			25	24,684.5	24,181.2	503.3
09 जून, 17	989.54	5	4,947.7	30	29,686.2	29,128.9	557.3
12 जून, 17	983.25			30	29,497.5	29,128.9	368.6
13 जून, 17	984.24			30	29,527.2	29,128.9	398.3
14 जून, 17	983.71			30	29,511.3	29,128.9	382.4
15 जून, 17	980.4			30	29,412	29,128.9	283.1
16 जून, 17	980.52	5	4,902.6	35	34,318.2	34,031.5	286.7
19 जून, 17	988.26			35	34,589.1	34,031.5	557.6
20 जून, 17	988.77			35	34,606.95	34,031.5	575.45
21 जून, 17	985.75			35	34,501.25	34,031.5	469.75
22 जून, 17	985			35	34,475	34,031.5	443.5

दिनांक	बंद	शेयर खरीदें	निवेश	कुल हिस्सा	बाजार मूल्य करीब	मूल निवेश मूल्य	लाभ हानि
23 जून, 17	980.29	5	4,901.45	40	39,211.6	38,932.95	278.65
27 जून, 17	973.47			40	38,938.8	38,932.95	5.85
28 जून, 17	972.68			40	38,907.2	38,932.95	–25.75
29 जून, 17	973.55			40	38,942	38,932.95	9.05
30 जून, 17	975.98	5	4,879.9	45	43,919.1	43,812.85	106.25
03 जुलाई, 17	984.21			45	44,289.45	43,812.85	476.6
04 जुलाई, 17	985.08			45	44,328.6	43,812.85	515.75
05 जुलाई, 17	987.86			45	44,453.7	43,812.85	640.85
06 जुलाई, 17	992.07			45	44,643.15	43,812.85	830.3
07 जुलाई, 17	990.09	5	4,950.45	50	49,504.5	48,763.3	741.2
10 जुलाई, 17	1,000.18			50	50,009	48,763.3	1245.7
अगले दिन बिक्री संख्या						1	
अनुमानित लाभ लेना						1008.18	
11 जुलाई, 17	1,003.84			49	49,188.16	48,763.3	424.86
12 जुलाई, 17	1,005.54			49	49,271.46	48,763.3	508.16
13 जुलाई, 17	1,014.25			49	49,698.25	48,763.3	934.95
14 जुलाई, 17	1,012.44	5	5,062.2	54	54,671.76	53,825.5	846.26
17 जुलाई, 17	1,016.88			54	54,911.52	53,825.5	1086
अगले दिन बिक्री संख्या						कुछ नहीं	
अनुमानित लाभ लेना						0	
Profit booking 0 because next day ETF traded below last close price so unable to sell. I think honesty is best policy							
18 जुलाई, 17	1,010.11			54	54,545.94	53,825.5	720.44
19 जुलाई, 17	1,016.32			54	54,881.28	53,825.5	1,055.8
अगले दिन बिक्री संख्या						1	
अनुमानित लाभ लेना						1016.32	
20 जुलाई, 17	1,014.73			53	53,780.69	53,825.5	–44.81
21 जुलाई, 17	1,017.73	5	5,088.65	58	59,028.34	58,914.15	114.19
24 जुलाई, 17	1,023.86			58	59,383.88	58,914.15	469.73
25 जुलाई, 17	1,024.98			58	59,448.84	58,914.15	534.69

दिनांक	बंद	शेयर खरीदें	निवेश	कुल हिस्सा	बाजार मूल्य करीब	मूल निवेश मूल्य	लाभ हानि
26 जुलाई, 17	1,028.62			58	59,659.96	58,914.15	745.81
27 जुलाई, 17	1,030.46			58	59,766.68	58,914.15	852.53
28 जुलाई, 17	1,027.57	5	5,137.85	63	64,736.91	64,052	684.91
31 जुलाई, 17	1,034.27			63	65,159.01	64,052	1,107
अगले दिन बिक्री संख्या						1	
अनुमानित लाभ लेना						1,034.27	
01 अगस्त, 17	1,037.39			62	64,318.18	64,052	266.18
02 अगस्त, 17	1,037.78			62	64,342.36	64,052	290.36
03 अगस्त, 17	1,030.69			62	63,902.78	64,052	−149.2
04 अगस्त, 17	1,037.47	5	5,187.35	67	69,510.49	69,239.35	271.14
07 अगस्त, 17	1,035.00			67	69,345	69,239.35	105.65
08 अगस्त, 17	1,029.12			67	68,951.04	69,239.35	−288.3
09 अगस्त, 17	1,020.77			67	68,391.59	69,239.35	−847.8
10 अगस्त, 17	1,006.75			67	67,452.25	69,239.35	−1,787
11 अगस्त, 17	997.78	5	4,988.9	72	71,840.16	74,228.25	−2,388
14 अगस्त, 17	1,009.35			72	72,673.2	74,228.25	−1,555
16 अगस्त, 17	1,020.84			72	73,500.48	74,228.25	−727.8
17 अगस्त, 17	1,021.60			72	73,555.2	74,228.25	−673.1
18 अगस्त, 17	1,016.08	5	5,080.4	77	78,238.16	79,308.65	−1,070
21 अगस्त, 17	1,005.97			77	77,459.69	79,308.65	−1,849
22 अगस्त, 17	1,007.49			77	77,576.73	79,308.65	−1,732
23 अगस्त, 17	1,015.31			77	78,178.87	79,308.65	−1,130
24 अगस्त, 17	1,017.59			77	78,354.43	79,308.65	−954.2
28 अगस्त, 17	1,022.78	5	5,113.9	82	83,867.96	84,422.55	−554.6
29 अगस्त, 17	1,010.69			82	82,876.58	84,422.55	−1,546
30 अगस्त, 17	1,018.74			82	83,536.68	84,422.55	−885.9
31 अगस्त, 17	1,021.53			82	83,765.46	84,422.55	−657.1
01 सितंबर, 17	1,028.56	5	5,142.8	87	89,484.72	89,565.35	−80.63
04 सितंबर, 17	1,020.68			87	88,799.16	89,565.35	−766.2
05 सितंबर, 17	1,024.59			87	89,139.33	89,565.35	−426

दिनांक	बंद	शेयर खरीदें	निवेश	कुल हिस्सा	बाजार मूल्य करीब	मूल निवेश मूल्य	लाभ हानि
06 सितंबर, 17	1,021.33			87	88,855.71	89,565.35	−709.6
07 सितंबर, 17	1,023.52			87	89,046.24	89,565.35	−519.1
08 सितंबर, 17	1,022.80	5	5,114	92	94,097.6	94,679.35	−581.8
11 सितंबर, 17	1,030.52			92	94,807.84	94,679.35	128.49
12 सितंबर, 17	1,037.56			92	95,455.52	94,679.35	776.17
13 सितंबर, 17	1,035.99			92	95,311.08	94,679.35	631.73
14 सितंबर, 17	1,037.64			92	95,462.88	94,679.35	783.53
15 सितंबर, 17	1,037.57	5	5,187.85	97	1,00,644.3	99,867.2	777.09
18 सितंबर, 17	1,045.13			97	1,01,377.6	99,867.2	1,510.4
अगले दिन बिक्री संख्या						1	
अनुमानित लाभ लेना						1,045.13	
19 सितंबर, 17	1,044.72			96	10,0293.1	99,867.2	425.92
20 सितंबर, 17	1,044.38			96	10,0260.5	99,867.2	393.28
21 सितंबर, 17	1,040.09			96	99,848.64	99,867.2	−18.56
22 सितंबर, 17	1,025.53	5	5,127.65	101	1,03,578.5	1,04,994.9	−1,416
25 सितंबर, 17	1,016.95			101	1,02,712	1,04,994.9	−2,283
26 सितंबर, 17	1,013.93			101	1,02,406.9	1,04,994.9	−2,588
27 सितंबर, 17	1,006.22			101	1,01,628.2	1,04,994.9	−3,367
28 सितंबर, 17	1,010.05			101	1,02,015.1	1,04,994.9	−2,980
29 सितंबर, 17	1,009.98	5	5,049.9	106	1,07,057.9	1,04,044.8	−2,987
03 अक्तूबर, 17	1,015.03			106	1,07,593.2	1,04,044.8	−2,452
04 अक्तूबर, 17	1,020.69			106	1,08,193.1	1,04,044.8	−1,852
05 अक्तूबर, 17	1,018.65			106	1,07976.9	1,04,044.8	−2,068
06 अक्तूबर, 17	1,030.78	5	5,153.9	111	1,14,416.6	1,15,198.7	−782.1
09 अक्तूबर, 17	1,030.84			111	1,14,423.2	1,15,198.7	−775.4
10 अक्तूबर, 17	1,032.04			111	1,14,556.4	1,15,198.7	−642.2
11 अक्तूबर, 17	1,027.71			111	1,14,075.8	1,15,198.7	−1,123
12 अक्तूबर, 17	1,038.68			111	1,15,293.5	1,15,198.7	94.83
13 अक्तूबर, 17	1,049.73	5	5,248.65	116	1,21,768.7	1,20,447.3	1,321.4
अगले दिन बिक्री संख्या						1	

दिनांक	बंद	शेयर खरीदें	निवेश	कुल हिस्सा	बाजार मूल्य करीब	मूल निवेश मूल्य	लाभ हानि
अनुमानित लाभ लेना						1,049.73	
16 अक्तूबर, 17	1,055.96			115	1,21,435.4	1,20,447.3	988.1
17 अक्तूबर, 17	1,055.37			115	1,21,367.6	1,20,447.3	920.25
18 अक्तूबर, 17	1,053.95			115	1,21,204.3	1,20,447.3	756.95
19 अक्तूबर, 17	1,046.98			115	1,20,402.7	1,20,447.3	–44.6
23 अक्तूबर, 17	1,051.64	5	5,258.2	120	1,26,196.8	1,25,705.5	491.3
24 अक्तूबर, 17	1,049.27			120	1,25,912.4	1,25,705.5	206.9
25 अक्तूबर, 17	1,059.48			120	1,27,137.6	1,25,705.5	1,432.1
अगले दिन बिक्री संख्या						1	
अनुमानित लाभ लेना						1,059.48	
26 अक्तूबर, 17	1,063.81			119	1,26,593.4	1,25,705.5	887.89
27 अक्तूबर, 17	1,062.02	5	5,310.1	124	1,31,690.5	1,31,015.6	674.88
30 अक्तूबर, 17	1,069.49			124	1,32,616.8	1,31,015.6	1,601.2
अगले दिन बिक्री संख्या						1	
अनुमानित लाभ लेना						1,069.49	
31 अक्तूबर, 17	1,065.17			123	1,31,015.9	1,31,015.6	0.31
01 नवंबर, 17	1,074.61			123	1,32,177	1,31,015.6	1,161.4
अगले दिन बिक्री संख्या						1	
अनुमानित लाभ लेना						1,074.61	
02 नवंबर, 17	1,074.33			122	1,31,068.3	1,31,015.6	52.66
03 नवंबर, 17	1,076.66	5	5,383.3	127	1,36,735.8	1,36,398.9	336.92
06 नवंबर, 17	1,076.69			127	1,36,739.6	1,36,398.9	340.73
07 नवंबर, 17	1,068.62			127	1,35,714.7	1,36,398.9	–684.2
08 नवंबर, 17	1,063.09			127	1,35,012.4	1,36,398.9	–1,386
09 नवंबर, 17	1,061.56			127	1,34,818.1	1,36,398.9	–1,581
10 नवंबर, 17	1,062.61	5	5,313.05	132	1,40,264.5	1,41,712	–1,447
13 नवंबर, 17	1,056.08			132	1,39,402.6	1,41,712	–2,309
14 नवंबर, 17	1,052.04			132	1,38,869.3	1,41,712	–2,843
15 नवंबर, 17	1,044.66			132	1,37,895.1	1,41,712	–3,817
16 नवंबर, 17	1,052.29			132	1,38,902.3	1,41,712	–2,810

दिनांक	बंद	शेयर खरीदें	निवेश	कुल हिस्सा	बाजार मूल्य करीब	मूल निवेश मूल्य	लाभ हानि
17 नवंबर, 17	1,058.92	5	5,294.6	137	1,45,072	1,47,006.6	-1,935
20 नवंबर, 17	1,061.83			137	1,45,470.7	1,47,006.6	-1,536
21 नवंबर, 17	1,063.83			137	1,45,744.7	1,47,006.6	-1,262
22 नवंबर, 17	1,064.62			137	1,45,852.9	1,47,006.6	-1,154
23 नवंबर, 17	1,065.81			137	1,46,016	1,47,006.6	-990.6
24 नवंबर, 17	1,069.46	5	5,347.3	142	1,51,863.3	1,52,353.9	-490.5
27 नवंबर, 17	1,069.85			142	1,51,918.7	1,52,353.9	-435.1
28 नवंबर, 17	1,068.41			142	1,51,714.2	1,52,353.9	-639.6
29 नवंबर, 17	1,067.82			142	1,51,630.4	1,52,353.9	-723.4
30 नवंबर, 17	1,057.46			142	1,50,159.3	1,52,353.9	-2,195
01 दिसंबर, 17	1,046.15	5	5,230.75	147	1,53,784.1	1,57,584.6	-3,801
04 दिसंबर, 17	1,046.95			147	1,53,901.7	1,57,584.6	-3,683
05 दिसंबर, 17	1,046.00			147	1,53,762	1,57,584.6	-3,823
06 दिसंबर, 17	1,037.72			147	1,52,544.8	1,57,584.6	-5,040
07 दिसंबर, 17	1,051.06			147	1,54,505.8	1,57,584.6	-3,079
08 दिसंबर, 17	1,060.46	5	5,302.3	152	1,61,189.9	1,62,886.9	-1,697
11 दिसंबर, 17	1,062.93			152	1,61,565.4	1,62,886.9	-1,322
12 दिसंबर, 17	1,055.98			152	1,60,509	1,62,886.9	-2,378
13 दिसंबर, 17	1,052.07			152	1,59,914.6	1,62,886.9	-2,972
14 दिसंबर, 17	1,054.02			152	1,60,211	1,62,886.9	-2,676
15 दिसंबर, 17	1,063.71	5	5,318.55	157	1,67,002.5	1,68,205.5	-1,203
18 दिसंबर, 17	1,069.26			157	1,67,873.8	1,68,205.5	-331.6
19 दिसंबर, 17	1,077.82			157	1,69,217.7	1,68,205.5	1,012.3
अगले दिन बिक्री संख्या						1	
अनुमानित लाभ लेना						1,077.82	
20 दिसंबर, 17	1,075.13			156	1,67,720.3	1,68,205.5	-485.2
21 दिसंबर, 17	1,074.49			156	1,67,620.4	1,68,205.5	-585
22 दिसंबर, 17	1,079.36	5	5,396.8	161	1,73,777	1,73,602.3	174.71
26 दिसंबर, 17	1,082.81			161	1,74,332.4	1,73,602.3	730.16

दिनांक	बंद	शेयर खरीदें	निवेश	कुल हिस्सा	बाजार मूल्य करीब	मूल निवेश मूल्य	लाभ हानि
27 दिसंबर, 17	1,082.37			161	1,74,261.6	1,73,602.3	659.32
28 दिसंबर, 17	1,079.88			161	1,73,860.7	1,73,602.3	258.43
29 दिसंबर, 17	1,084.48	5	5,422.4	166	1,80,023.7	1,79,024.7	999.03
01 जनवरी, 18	1,078.14			166	1,78,971.2	1,79,024.7	−53.41
02 जनवरी, 18	1,074.61			166	1,78,385.3	1,79,024.7	−639.4
03 जनवरी, 18	1,076.29			166	1,78,664.1	1,79,024.7	−360.5
04 जनवरी, 18	1,081.76			166	1,79,572.2	1,79,024.7	547.51
05 जनवरी, 18	1,087.20	5	5,436	171	1,85,911.2	1,84,460.7	1,450.6
अगले दिन बिक्री संख्या						**1**	
अनुमानित लाभ लेना						**1,087.2**	
08 जनवरी, 18	1,092.46			170	1,85,718.2	1,84,460.7	1,257.6
अगले दिन बिक्री संख्या						**1**	
अनुमानित लाभ लेना						**1,092.46**	
09 जनवरी, 18	1,094.91			169	1,85,039.8	1,84,460.7	579.14
10 जनवरी, 18	1,099.07			169	1,85,742.8	1,84,460.7	1,282.2
अगले दिन बिक्री संख्या						**1**	
अनुमानित लाभ लेना						**1,099.07**	
11 जनवरी, 18	1,100.29			168	1,84,848.7	1,84,460.7	388.07
12 जनवरी, 18	1,102.69	5	5,513.45	173	1,90,765.4	1,89,974.1	791.27
15 जनवरी, 18	1,109.02			173	1,91,860.5	1,89,974.1	1,886.4
अगले दिन बिक्री संख्या						**1**	
अनुमानित लाभ लेना						**1,109.02**	
16 जनवरी, 18	1,103.79			172	1,89,851.9	1,89,974.1	−122.2
17 जनवरी, 18	1,110.49			172	1,91,004.3	1,89,974.1	1,030.2
अगले दिन बिक्री संख्या						**1**	
अनुमानित लाभ लेना						**1,110.49**	
18 जनवरी, 18	1,115.38			171	1,90,730	1,89,974.1	755.88
19 जनवरी, 18	1,121.84	4	4,487.36	175	1,96,322	1,94,461.5	1,860.5
अगले दिन बिक्री संख्या						**1**	
अनुमानित लाभ लेना						**1,121.84**	

दिनांक	बंद	शेयर खरीदें	निवेश	कुल हिस्सा	बाजार मूल्य करीब	मूल निवेश मूल्य	लाभ हानि
22 जनवरी, 18	1,128.79			174	1,96,409.5	1,94,461.5	1,948
अगले दिन बिक्री संख्या						1	
अनुमानित लाभ लेना						1,128.79	
23 जनवरी, 18	1,141.89			173	1,97,547	1,94,461.5	3,085.5
अगले दिन बिक्री संख्या						3	
अनुमानित लाभ लेना						3,425.67	
24 जनवरी, 18	1,141.95			170	1,94,131.5	1,94,461.5	–330
25 जनवरी, 18	1,139.31			170	1,93,682.7	1,94,461.5	–778.8
29 जनवरी, 18	1,146.27	4	4,585.08	174	1,99,451	1,99,046.5	404.44
30 जनवरी, 18	1,137.14			174	1,97,862.4	1,99,046.5	–1,184
31 जनवरी, 18	1,135.44			174	1,97,566.6	1,99,046.5	–1,480
01 फरवरी, 18	1,135.03			174	1,97,495.2	1,99,046.5	–1,551
02 फरवरी, 18	1,112.49	4	4,449.96	178	1,98,023.2	2,03,496.5	–5,473
05 फरवरी, 18	1,102.94			178	1,96,323.3	2,03,496.5	–7,173
06 फरवरी, 18	1,087.35			178	1,93,548.3	2,03,496.5	–9,948
07 फरवरी, 18	1,083.85			178	1,92,925.3	2,03,496.5	–10,571
08 फरवरी, 18	1,094.94			178	1,94,899.3	2,03,496.5	–8,597
09 फरवरी, 18	1,082.32	5	5,411.6	183	1,98,064.6	2,08,908.1	–10,844
12 फरवरी, 18	1,091.35			183	1,99,717.1	2,08,908.1	–9,191
14 फरवरी, 18	1,086.53			183	1,98,835	2,08,908.1	–10,073
15 फरवरी, 18	1,092.15			183	1,99,863.5	2,08,908.1	–9,045
16 फरवरी, 18	1,082.69	5	5,413.45	188	2,03,545.7	2,14,321.6	–10,776
19 फरवरी, 18	1,074.10			188	2,01,930.8	2,14,321.6	–12,391
20 फरवरी, 18	1,071.76			188	2,01,490.9	2,14,321.6	–12,831
21 फरवरी, 18	1,076.56			188	2,02,393.3	2,14,321.6	–11,928
22 फरवरी, 18	1,074.63			188	2,02,030.4	2,14,321.6	–12,291
23 फरवरी, 18	1,084.68	5	5,423.4	193	2,09,343.2	2,19,745	–10,402

दिनांक	बंद	शेयर खरीदें	निवेश	कुल हिस्सा	बाजार मूल्य करीब	मूल निवेश मूल्य	लाभ हानि
26 फरवरी, 18	1,093.56			193	2,11,057.1	2,19,745	−8,688
27 फरवरी, 18	1,089.94			193	2,10,358.4	2,19,745	−9,387
28 फरवरी, 18	1,086.70			193	2,09,733.1	2,19,745	−10,012
01 मार्च, 18	1,081.19			193	2,08,669.7	2,19,745	−11,075
05 मार्च, 18	1,071.74	5	5,358.7	198	2,12,204.5	2,25,103.7	−12,899
06 मार्च,, 18	1,060.94			198	2,10,066.1	2,25,103.7	−15,038
07 मार्च, 18	1,050.67			198	2,08,032.7	2,25,103.7	−17,071
08 मार्च, 18	1,059.59			198	2,09,798.8	2,25,103.7	−15,305
09 मार्च, 18	1,059.04	5	5,295.2	203	2,14,985.1	2,30,398.9	−15,414
12 मार्च, 18	1,079.89			203	2,19,217.7	2,30,398.9	−11,181
13 मार्च, 18	1,079.15			203	2,19,067.5	2,30,398.9	−11,331
14 मार्च, 18	1,078.19			203	2,18,872.6	2,30,398.9	−11,526
15 मार्च, 18	1,072.57			203	2,17,731.7	2,30,398.9	−12,667
16 मार्च, 18	1,056.78	5	5,283.9	208	2,19,810.2	2,35,682.8	−15,873
19 मार्च, 18	1,047.70			208	2,17,921.6	2,35,682.8	−17,761
20 मार्च, 18	1,046.47			208	2,17,665.8	2,35,682.8	−18,017
21 मार्च, 18	1,049.05			208	2,18,202.4	2,35,682.8	−17,480
22 मार्च, 18	1,045.79			208	2,17,524.3	2,35,682.8	−18,158
23 मार्च, 18	1,036.78	5	5,183.9	213	2,20,834.1	2,40,866.7	−20,033
26 मार्च, 18	1,047.05			213	2,23,021.7	2,40,866.7	−17,845
27 मार्च, 18	1,051.84			213	2,24,041.9	2,40,866.7	−16,825
28 मार्च, 18	1,049.25			213	2,23,490.3	2,40,866.7	−17,376
02 अप्रैल, 18	1,058.12	5	5,290.6	218	2,30,670.2	2,46,157.3	−15,487
03 अप्रैल, 18	1,062.70			218	2,31,668.6	2,46,157.3	−14,489
04 अप्रैल, 18	1,049.52			218	2,28,795.4	2,46,157.3	−17,362
05 अप्रैल, 18	1,069.01			218	2,33,044.2	2,46,157.3	−13,113
06 अप्रैल, 18	1,068.69	5	5,343.45	223	2,38,317.9	2,51,500.7	−13,183

दिनांक	बंद	शेयर खरीदें	निवेश	कुल हिस्सा	बाजार मूल्य करीब	मूल निवेश मूल्य	लाभ हानि
09 अप्रैल, 18	1,073.58			223	2,39,408.3	2,51,500.7	−12,092
10 अप्रैल, 18	1,076.05			223	2,39,959.2	2,51,500.7	−11,542
11 अप्रैल, 18	1,078.44			223	2,40,492.1	2,51,500.7	−11,009
12 अप्रैल, 18	1,084.00			223	2,41,732	2,51,500.7	−9,769
13 अप्रैल, 18	1,084.75	5	5,423.75	228	2,47,323	2,56,924.5	−9,601
16 अप्रैल, 18	1,089.37			228	2,48,376.4	2,56,924.5	−8,548
17 अप्रैल, 18	1,089.11			228	2,48,317.1	2,56,924.5	−8,607
18 अप्रैल, 18	1,086.80			228	2,47,790.4	2,56,924.5	−9,134
19 अप्रैल, 18	1,091.52			228	2,48,866.6	2,56,924.5	−8,058
20 अप्रैल, 18	1,090.04	5	5,450.2	233	2,53,979.3	2,62,374.7	−8,395
23 अप्रैल, 18	1,094.72			233	2,55,069.8	2,62,374.7	−7,305
24 अप्रैल, 18	1,097.75			233	2,55,775.8	2,62,374.7	−6,599
25 अप्रैल, 18	1,092.79			233	2,54,620.1	2,62,374.7	−7,755
26 अप्रैल, 18	1,098.59			233	2,55,971.5	2,62,374.7	−6,403
27 अप्रैल, 18	1,105.53	5	5,527.65	238	2,63,116.1	2,67,902.3	−4,786
30 अप्रैल, 18	1,111.68			238	2,64,579.8	2,67,902.3	−3,322
02 मई, 18	1,107.71			238	2,63,635	2,67,902.3	−4,267
03 मई, 18	1,105.29			238	2,63,059	2,67,902.3	−4,843
04 मई, 18	1,100.19	5	5,500.95	243	2,67,346.2	2,73,403.3	−6,057
07 मई, 18	1,107.22			243	2,69,054.5	2,73,403.3	−4,349
08 मई, 18	1,108.38			243	2,69,336.3	2,73,403.3	−4,067
09 मई, 18	1,112.23			243	2,70,271.9	2,73,403.3	−3,131
10 मई, 18	1,107.94			243	2,69,229.4	2,73,403.3	−4,174
11 मई, 18	1,116.06	4	4,464.24	247	2,75,666.8	2,77,867.5	−2,201
14 मई, 18	1,116.89			247	2,75,871.8	2,77,867.5	−1,996
15 मई, 18	1,117.17			247	2,75,941	2,77,867.5	−1,926
16 मई, 18	1,111.93			247	2,74,646.7	2,77,867.5	−3,221

दिनांक	बंद	शेयर खरीदें	निवेश	कुल हिस्सा	बाजार मूल्य करीब	मूल निवेश मूल्य	लाभ हानि
17 मई, 18	1,106.31			247	2,73,258.6	2,77,867.5	−4,609
18 मई, 18	1,096.05	5	5,480.25	252	2,76,204.6	2,83,347.7	−7,143
21 मई, 18	1,090.49			252	2,74,803.5	2,83,347.7	−8,544
22 मई, 18	1,092.81			252	2,75,388.1	2,83,347.7	−7,960
23 मई, 18	1,078.64			252	2,71,817.3	2,83,347.7	−11,530
24 मई, 18	1,085.42			252	2,73,525.8	2,83,347.7	−9,822
25 मई, 18	1,098.11	5	5,490.55	257	2,82,214.3	2,88,838.3	−6,624
28 मई, 18	1,110.51			257	2,85,401.1	2,88,838.3	−3,437
29 मई, 18	1,103.69			257	2,83,648.3	2,88,838.3	−5,190
30 मई, 18	1,102.99			257	2,83,468.4	2,88,838.3	−5,370
31 मई, 18	1,112.50			257	2,85,912.5	2,88,838.3	−2,926
01 जून, 18	1,109.92	5	5,549.6	262	2,90,799	2,94,387.9	−3,589
04 जून, 18	1,101.16			262	2,88,503.9	2,94,387.9	−5,884
05 जून, 18	1,101.85			262	2,88,684.7	2,94,387.9	−5,703
06 जून, 18	1,109.96			262	2,90,809.5	2,94,387.9	−3,578
07 जून, 18	1,117.89			262	2,92,887.2	2,94,387.9	−1,501
08 जून, 18	1,118.52	4	4,474.08	266	2,97,526.3	2,98,862	−1,336
11 जून, 18	1,122.52			266	2,98,590.3	2,98,862	−271.6
12 जून, 18	1,126.27			266	2,99,587.8	2,98,862	725.85
13 जून, 18	1,125.66			266	2,99,425.6	2,98,862	563.59
14 जून, 18	1,122.04			266	2,98,462.6	2,98,862	−399.3
15 जून, 18	1,124.94	4	4,499.76	270	3,03,733.8	3,03,361.7	372.07
18 जून, 18	1,123.99			270	3,03,477.3	3,03,361.7	115.57
19 जून, 18	1,114.81			270	3,00,998.7	3,03,361.7	−2363
20 जून, 18	1,119.65			270	3,02,305.5	3,03,361.7	−1056
21 जून, 18	1,115.29			270	3,01,128.3	3,03,361.7	−2,233
22 जून, 18	1,124.79	4	4,499.16	274	3,08,192.5	3,07,860.9	331.57
25 जून, 18	1,118.35			274	3,06,427.9	3,07,860.9	−1,433

दिनांक	बंद	शेयर खरीदें	निवेश	कुल हिस्सा	बाजार मूल्य करीब	मूल निवेश मूल्य	लाभ हानि
26 जून, 18	1,121.32			274	3,07,241.7	3,07,860.9	–619.2
27 जून, 18	1,107.76			274	3,03,526.2	3,07,860.9	–4,335
28 जून, 18	1,100.53			274	3,01,545.2	3,07,860.9	–6,316
29 जून, 18	1,111.88	4	4,447.52	278	3,09,102.6	3,12,308.4	–3,206
02 जुलाई, 18	1,109.97			278	3,08,571.7	3,12,308.4	–3,737
03 जुलाई, 18	1,114.04			278	3,09,703.1	3,12,308.4	–2,605
04 जुलाई, 18	1,118.75			278	3,11,012.5	3,12,308.4	–1,296
05 जुलाई, 18	1,119.13			278	3,11,118.1	3,12,308.4	–1,190
06 जुलाई, 18	1,123.02	4	4,492.08	282	3,16,691.6	3,16,800.5	–108.8
09 जुलाई, 18	1,128.54			282	3,18,248.3	3,16,800.5	1,447.8
अगले दिन बिक्री संख्या						1	
अनुमानित लाभ लेना						1,128.54	
10 जुलाई,18	1,137.27			281	3,19,572.9	3,16,800.5	2,772.4
अगले दिन बिक्री संख्या						2	
अनुमानित लाभ लेना						2,274.54	
11 जुलाई, 18	1,137.26			279	3,17,295.5	3,16,800.5	495.05
12 जुलाई, 18	1,144.95			279	3,19,441.1	3,16,800.5	2,640.6
13 जुलाई, 18	1,146.32	4	4585.28	283	3,24,408.6	3,21,385.8	3,022.8
अगले दिन बिक्री संख्या						3	
अनुमानित लाभ लेना						3,438.96	
16 जुलाई, 18	1,139.83			280	3,19,152.4	3,21,385.8	–2233
17 जुलाई, 18	1,144.85			280	3,20,558	3,21,385.8	–827.8
18 जुलाई, 18	1,141.18			280	3,19,530.4	3,21,385.8	–1,855
19 जुलाई, 18	1,141.21			280	3,19,538.8	3,21,385.8	–1,847
20 जुलाई, 18	1,149.30	4	4,597.2	284	3,26,401.2	3,25,983	418.23
23 जुलाई, 18	1,153.40			284	3,27,565.6	3,25,983	1,582.6
अगले दिन बिक्री संख्या						1	
अनुमानित लाभ लेना						1153.4	
24 जुलाई, 18	1,157.12			283	3,27,465	3,25,983	1,482

दिनांक	बंद	शेयर खरीदें	निवेश	कुल हिस्सा	बाजार मूल्य करीब	मूल निवेश मूल्य	लाभ हानि
अगले दिन बिक्री संख्या						1	
अनुमानित लाभ लेना						1,157.12	
25 जुलाई, 18	1,159.19			282	3,26,891.6	3,25,983	908.61
26 जुलाई, 18	1,161.58			282	3,27,565.6	3,25,983	1,582.6
27 जुलाई, 18	1,173.23	4	4,692.92	286	3,35,543.8	3,30,675.9	4,867.9
अगले दिन बिक्री संख्या						4	
अनुमानित लाभ लेना						4,692.93	
30 जुलाई, 18	1,177.42			282	3,32,032.4	3,30,675.9	1,356.6
अगले दिन बिक्री संख्या						1	
अनुमानित लाभ लेना						1,177.42	
31 जुलाई, 18	1,182.50			281	3,32,282.5	3,30,675.9	1,606.6
अगले दिन बिक्री संख्या						1	
अनुमानित लाभ लेना						1,182.5	
01 अगस्त, 18	1,181.24			280	3,30,747.2	3,30,675.9	71.31
02 अगस्त, 18	1,174.29			280	3,28,801.2	3,30,675.9	−1,875
03 अगस्त, 18	1,186.19	4	4744.76	284	3,36,878	3,35,420.7	1,457.3
अगले दिन बिक्री संख्या						1	
अनुमानित लाभ लेना						1,186.19	
06 अगस्त, 18	1,187.35			283	3,36,020.1	3,35,420.7	599.4
07 अगस्त, 18	1,187.39			283	3,36,031.4	3,35,420.7	610.72
08 अगस्त, 18	1,191.71			283	3,37,253.9	3,35,420.7	1,833.3
अगले दिन बिक्री संख्या						1	
अनुमानित लाभ लेना						1,191.71	
09 अगस्त, 18	1,193.11			282	3,36,457	3,35,420.7	1,036.4
अगले दिन बिक्री संख्या						1	
अनुमानित लाभ लेना						1,193.11	

इस प्रकार 15 माह में हमने प्रति सप्ताह 5,000 के निफ्टी बीज खरीदते हुए मूल निवेश 3,35,420.70 रुपए का किया; परंतु जब भी प्रोफिट 1,000

से ऊपर हुआ हमने इतने शेयर बेच लिया कि प्रोफिट की राशि निकल जाए। इसलिए हमने इस पेड़ से 40,385.48 रुपए की कुल प्रोफिट बुकिंग भी इन 15 माह में कर ली, जो कि मूल निवेश का लगभग 12 प्रतिशत है। यह प्रोफिट बुकिंग भी लगभग आय कर से मुक्त थी, क्योंकि 1 साल बाद जो भी एक-दो यूनिट बेची, उनका प्रोफिट कर-मुक्त था।

अब आपके मन में संभावित एक समस्या पर विचार करते हैं। संभवतः मेरे कुछ पाठक ऐसे भी होंगे, जो निफ्टी बीज के वर्तमान बाजार भाव को चेक करेंगे तो वह 100 रुपए के आसपास दिखेगा, जिससे हो सकता है, उनको भारी धक्का लगे कि यह ई.टी.एफ. 1,193 से टूटकर सीधा 100 रुपए कैसे आ गया।

असल बात यह है कि निफ्टी बीज ने फेस वैल्यू स्पलीट किया था। पहले इसका मूल्य निफ्टी का 1/10 होता था, जो अब 1/100 कर दिया गया है, अर्थात् बाद में अभी भी जो 282 शेयर होल्ड थे, उन पर 1 शेयर के बदले 10 शेयर दे दिए गए, जो 282 के 2,820 शेयर हो गए तथा मूल्य भी 1/10 हो गया, यानी यह समझें कि आज का मूल्य आपको 100 रुपए दिखता है तो यह उस समय का 1,000 रुपए मानें, अर्थात् इस प्रोफिट बुकिंग करते रहने का महत्त्व इन 15 माह के डाटा में आपको कम लगता है तो याद रखें, मार्च 2020 में निफ्टी बीज का भाव 142.95 रुपए तक गया था। तब तक हम कितना प्रोफिट बुक कर चुके होते! इसी प्रकार गिरावट में 23 मार्च, 2020 को इसका मूल्य 81 रुपए ही रह गया था। उसके बाद फिर से बढ़कर मई 2020 में निफ्टी बीज की यूनिट 100 रुपए हो गई। यानी यह सिस्टम आप स्टार्ट रखते तो आपकी यूनिट्स भी बढ़ती रहतीं और किसी भी मार्केट स्थिति में आपकी प्रोफिट बुकिंग भी पूरी तरह कर-मुक्त जारी रहती, क्योंकि 1 साल बाद आपके पास लॉन्ग टर्म कैपिटल गेन्स में बेचने के लिए शेयर उपलब्ध रहते।

इस प्रकार करते-करते आप जब 7,500 शेयर तक आ जाते, उसके बाद निफ्टी बीज का मूल्य 1 रुपया बढ़ने पर आप 7,500 का प्रोफिट बुक

करने की स्थिति में होते। इसलिए अब आप 'कवर्ड कॉल राइट' करते तथा मार्केट बढ़ जाता तो आपके निफ्टी बीज का मूल्य यदि 10 रुपए भी बढ़ता तो आपको 75,000 की प्रोफिट बुकिंग इस सिस्टम से ऑटोमैटिक हो जाती। उसके बाद आपको कवर्ड कॉल पर कुछ चुकाना भी पड़ जाता तो इस 75,000 में से ही चुकाया जाता। इसलिए इस विधि में 9,500 यूनिट्स एकत्र होने के बाद कवर्ड कॉल करेंगे, ऐसी आवश्यकता नहीं है। इसमें ऑटोमैटिक सिस्टम बन जाने से आप 7,500 यूनिट्स के बाद 1 कवर्ड कॉल सेल कर सकते हैं, वह भी आपको स्पॉट प्राइस के 5 प्रतिशत ऊपर की सेल करनी है। इसलिए असली मजा तभी है, जब आप इस प्रकार से पहले 7,500 यूनिट्स निफ्टी ई.टी.एफ. की एकत्र कर लेंगे और इस सिस्टम से मार्केट बढ़ने के साथ-साथ ऑटो प्रोफिट बुकिंग जारी रखें, जैसे 10 जून, 2020 को निफ्टी 10,116 पर है, आपको 5 प्रतिशत बढ़ाकर कॉल राइट करनी है, अर्थात् 10,116 में 5 प्रतिशत प्रोफिट आप पहले ही जोड़ लेते हैं तो यह 10,621.80 आता है। अतः आपको 25 जून, 2020 की एक्सपायरी वाली 10,600 की कॉल राइट करनी है, जिस पर आपको प्रीमियम 61 रुपए के हिसाब से 4,575 रुपए मिलेगा तथा कॉल राइट करने के लिए जो मार्जिन चाहिए, वह आपके पास जो 7,500 शेयर निफ्टी बीज के रखे हैं, उनको प्लेज्ड रखकर मिल जाएगा।

अब 25 जून, 2020 को निफ्टी यदि 10,600 से ऊपर बंद होता है तो ही आपको कुछ चुकाना पड़ेगा। यदि निफ्टी 10,600 तक ही रखा तो आपको पूरे 4,575 रुपए आपके पेड़ की छाँव में बैठाने का किराया मिल जाएगा तथा आपको बगैर कुछ खरीदे-बेचे भी यदि निफ्टी स्थिर रहा या गिरता रहा तो भी 4,575 रुपए का यह किराया तो मिलेगा ही।

यदि निफ्टी बढ़कर 11,000 पर भी बंद हो जाता तो आपको 10,600 की कॉल बेचने पर 30,000 रुपए चुकाने पड़ते। पर यदि ऐसा होता तो आपकी यूनिट्स का मूल्य भी तो कम-से-कम 10 रुपए बढ़ जाता और आप 7,500 यूनिट्स पर 75,000 का प्रोफिट ले चुके होते। उसमें से 30,000 दे

भी देते तो आपका क्या जाता ? और हर माह तो निफ्टी 5 प्रतिशत बढ़ेगा नहीं। ज्यादातर आपको किराया छाँव में बैठाने के बगैर कुछ किए मिलता रहेगा। कई बार तो ऐसा होगा कि निफ्टी बढ़कर अंत में फिर से गिर जाएगा, जिससे इस सिस्टम में प्रोफिट बुकिंग भी आपकी होती रहेगी और निफ्टी एक्सपायरी तक वापस टूट गया तो पूरा प्रीमियम भी आपको मिल जाएगा।

आप यह पेड़ अपने घर में अवश्य उगाएँ। एक पेड़ बैंक निफ्टी का भी लगा लें। फालतू की ट्रेड बंद करके इन पेड़ों के फल खाते जाएँ तथा 7,500 यूनिट्स होने के बाद निफ्टी पेड़ के फल खाने के साथ-साथ उसकी छाया में बैठने का किराया, अर्थात् 5 प्रतिशत ऊपर के भाव की कॉल राइट करके उसका प्रीमियम भी लेते जाएँ। जब भी यूनिट बढ़ते-बढ़ते 15,000 से पार हो जाए, उसके बाद 2 कॉल राइट करें, जब यूनिट 22,500 के पार हो जाए, तब 3 कॉल राइट करें और इस स्तर तक आते-आते आप इतना कमा चुके होंगे कि आपके पास अब जो यूनिट होल्ड होगी, वह लगभग फ्री की हो चुकी होगी।

यह है असली फाइनेंशियल फ्रीडम। यदि आपके पास ज्यादा पैसे हैं और आपसे कंट्रोल नहीं हो रहा है तो आप सीधे 7,500 यूनिट खरीदकर तथा प्रति सप्ताह की एक 5,000 की एस.आई.पी. चालू करके छाया में बैठने का किराया आज से ही चालू कर सकते हैं।

एक व्यक्ति 40 लाख रुपए खर्च कर मकान बनाता है। उसको किराए पर देने पर भी महीने का 10,000 रुपए तक किराया मुश्किल से आता है। यहाँ कवर्ड कॉल में 40 लाख के निफ्टी ई.टी.एफ. हो तो हम 5 कवर्ड कॉल राइट करके लगभग 20,000 प्रीमियम निफ्टी के बगैर बढ़े भी कमा सकते हैं और बढ़ गया तो 40 लाख की यूनिट भी इतना कमा लेगी कि आपको कवर्ड कॉल पर कुछ देना भी पड़े तो दे देना।

यह भी याद रखें कि सारा पैसा एक ही निफ्टी ई.टी.एफ. में लगाने की जगह हम सबसे ज्यादा वॉल्यूमवाले निफ्टी पर आधारित 5 या 10 अलग-अलग ई.टी.एफ. में भी पेड़ लगा सकते हैं।

एक शंका और उसका समाधान : इस पुस्तक का डिजिटल इ-बुक संस्करण 24 जून, 2020 को अमेजन व गूगल प्ले पर आ गया था। उस संस्करण को पढ़कर मेरे एक फॉलोवर ने मुझे इ-मेल करके एक शंका का समाधान चाहा। मुझे फॉलोवर की शंका एकदम जायज लगी और मुझे लगा कि ऐसी शंका दूसरे पाठकों के मन में भी उठ सकती है। इसलिए मैंने प्रिंट संस्करण में इस शंका को तथा उसके प्रत्युत्तर को शामिल करना उचित समझा है।

सचिन कालेबाग नामक मेरे इस फॉलोवर ने मुझसे पूछा कि मैंने आपकी 'पैसों का पेड़ कैसे लगाएँ', ये पुस्तक पढ़ी है। उसमें से अध्याय 10 'पैसों का पेड़ कैसे लगाएँ, जिसके फल मिले बगैर इनकम टैक्स चुकाएँ भी पढ़ा। पर इसमें आपने कहा है कि रुपए 1,000 से ज्यादा मुनाफा होने पर अगले दिन वह मुनाफा ई.टी.एफ. के शेयर बेचकर निकाल लें। उसके हिसाब से आपने जो टेबल बनाई, उसमें 1,245.70 का कुल मुनाफा देखकर एक शेयर को 1,008.18 में बेचकर मुनाफे को बुक किया है, लेकिन आपने तो 32.92 का वास्तविक मुनाफा ही बुक किया है, जिसमें एस.टी.टी. व ब्रोकरेज आदि कम करके आपने तो मात्र 13 रुपए कमा लिये। यही 13 रुपए आपका असली मुनाफा हुआ है, न कि 1,008.18. (1,008.18 तो आपकी एक शेयर सेल प्राइस है। वह आपका मुनाफा कैसे गिन लिया आपने), यानी कि आपने 975.26 के अपने मूल निवेश पर 13 का कुल मुनाफा किया। ये तो 1.3 प्रतिशत ही कमाया।

इस हिसाब से गणना करें तो 15 माह में आपने 3,35,420.70 की मूल निवेश पर 40,385.48 की सेल वैल्यू के शेयर बेचे, मगर यह 40,385.48 आपका असली मुनाफा नहीं है। इनमें से शेयर का मूल लागत मूल्य (लगभग 36,000) को कम करके आपका असली मुनाफा 4,400 होगा और जब 3,35,420.70 के मूल निवेश पर 4,400 का मुनाफा हुआ तो फिर से कुल मिलाकर आपको 1.3 प्रतिशत का ही मुनाफा हुआ। आपको 15 माह में 1.3 प्रतिशत का मुनाफा बहुत ही कम नहीं लगता क्या?

इसका उत्तर मैंने उन फॉलोवर को दिया कि यही तो इस विधि का कमाल है। इसमें आयकर नियमों से और देखने में हमने 13 का प्रोफिट बुक किया है। इसलिए हमें इस पर आय कर नगण्य या बिल्कुल नहीं देना पड़ा; परंतु वास्तव में हमने हमारी शीट में मूल निवेश राशि एक रुपया भी कम नहीं की। आपके अनुसार, यदि 13 का प्रोफिट किया था तो हमने जो एक शेयर बेचा, उसकी मूल निवेश राशि भी तो कम करते; परंतु हमने आगे गणना करते समय मूल निवेश राशि कम नहीं की, अर्थात् हम शेयर बेच-खरीद किस वैल्यू पर कर रहे हैं, वह ध्यान नहीं रख रहे। हमारा तो मूल ध्यान पेड़ पर है, अर्थात् दो बिंदु हैं—पहला बिंदु हमारा मूल निवेश क्या है और दूसरा बिंदु उस निवेश पर हमारा प्रोफिट क्या हो रहा है ?

जैसे माना मूल निवेश 100 है और अब उसकी मार्केट प्राइस पर वैल्यू 110 है तो यदि हम 110 में से 10 रुपए निकाल लें तो मूल निवेश 100 ही रह गया। अब वो 10 रुपए कैसे निकालें, यह प्रश्न अलग है, पर मूल निवेश कम नहीं किया तो विज्ञान व गणित के नियमों से ये 10 रुपए जो निकाले, वो क्या प्रोफिट नहीं है ?

असल में, यह विधि कमाल के विज्ञान पर आधारित है। इसमें मूल निवेश कम नहीं करने से हमने जो 1,008 का प्रोफिट बुक किया, वो 13 रुपए तो वर्तमान प्रोफिट में से बुक हुआ, बाकी के 1,008–13=995 रुपए भविष्य में होनेवाले प्रोफिट से अग्रिम बुक किया है, इसलिए मूल निवेश कम नहीं किया है।

आशा है, आप समझ गए होंगे कि यदि हम मूल निवेश कम नहीं करते हैं तो मूल निवेश में जो भी बढ़ोतरी होगी, वो प्रोफिट होगा तथा उस प्रोफिट को यूनिट बेचकर बाहर निकालने से यूनिट की संख्या तो कम हो जाएगी, पर बची हुई यूनिटों या शेयर की एवरेज वैल्यू उसी अनुपात में बढ़ जाएगी कि आगे वो तभी प्रोफिट में आएगी, जब इस पिछले प्रोफिट की पूर्ति हो जाएगी।

इस प्रकार यह पैसों का पेड़ बहुत ही अद्भुत है। बस, इसमें दो की ही कमी है। एक कमी तो यह है कि इसमें आपको एक एक्सेल शीट बनाकर मूल

निवेश व लाभ की गणना अलग से करनी होगी। इसमें जो 5 मिनट की मेहनत रोज चाहिए, वो आप शायद नहीं करना चाहें।

दूसरी कमी पूरी तरह ऑटोमैटिक सिस्टम हो जाने से अब आपको क्रिकेट जैसा रोमांच, जो तुरंत अमीर बना देनेवाली शेयरों की टिप तलाशने और उनको खरीदकर होल्ड करने पर मिलता था, वह रोमांच शायद इसमें न मिले; पर कवर्ड कॉल व रेशो स्प्रेड विधि के लिए इस पेड़ का होना बहुत ही उपयोगी है। आपको जो रोमांच मिलना था, वह अगले अध्याय की विधि से रोज ट्रेड करके मिल सकेगा।

□

11

रेशो स्प्रेड विधि और उसका उपयोग

धीरे-धीरे समय के साथ घीसू भाई ने पहले निफ्टी व बैंक निफ्टी में बताई गई मेरी 4 स्ट्रोक मेथड से कुछ कार्य प्रारंभ किया। इस दरम्यान उन्होंने जो भी मुनाफा कमाया, उससे निफ्टी ई.टी.एफ. से पैसों का पेड़ पिछले अध्याय में बताई गई विधि से लगा दिया, ताकि कवर्ड कॉल का लाभ ले सकें।

धीरे-धीरे घीसू भाई के पास कवर्ड कॉल करने लायक यूनिट्स एकत्र हो गईं, उनका पैसों का पेड़ भी लगातार बढ़ते हुए फल देता जा रहा था और कवर्ड कॉल से भी प्रति सप्ताह प्रीमियम आय होने लगी। अब वो कुछ रिस्क लेने के मूड में थे।

घीसू भाई ने कहा कि मुझे ऑप्शन की कोई ऐसी विधि बताओ, जिसमें रिस्क तो थोड़ा-बहुत हो, पर रिस्क के अनुपात में रिवार्ड होने के आसार भी ज्यादा हो। इसलिए मैंने घीसू भाई की रिस्क टेकिंग क्षमता और उनके पास ज्यादा मार्जिन उपलब्ध होने की क्षमता को पहचानकर उन्हें 'रेशो स्प्रेड मेथड' बताना प्रारंभ किया। रेशो स्प्रेड में 1 : 2 में कॉल/पुट को खरीदते व बेचते हैं। एक इसका उलटा होता है, जिसमें 2 : 1 में कॉल/पुट खरीदते व बेचते हैं। उलटेवाले को 'बेकस्प्रेड' कहते हैं।

घीसू भाई को समझने में कुछ मुश्किल हो रही थी; परंतु अब वो मेरी शैली से परिचित हो चुके थे। उन्हें पता था कि मैं एक-एक बिंदु उदाहरणों सहित समझा दूँगा। इसलिए वह निश्चिंत होकर बैठे रहे।

रेशो स्प्रेड चार प्रकार के होते हैं—

1. कॉल रेशो स्प्रेड
2. पुट रेशो स्प्रेड
3. कॉल रेशो बेक स्प्रेड
4. पुट रेशो बेक स्प्रेड

1. कॉल रेशो स्प्रेड : इसमें हमें 1 इन 'द मनी कॉल' खरीदकर ऊपर के स्ट्राइक प्राइस की 2 आउट ऑफ मनी कॉल इस प्रकार बेचनी (राइट करनी) है कि कुल मिलाकर हमने जो 1 कॉल खरीदने में प्रीमियम खर्च किया था, उससे ज्यादा प्रीमियम हमें 2 कॉल बेचने में मिल जाए। इसको

CALLS													PUTS	
IV	LTP	CHNG	BID QTY	BID PRICE	ASK PRICE	ASK QTY	STRIKE PRICE	BID QTY	BID PRICE	ASK PRICE	ASK QTY	CHNG	LTP	IV
-	875.00	46.15	75	824.95	840.60	75	8,300.00	75	78.00	78.70	75	26.20	77.90	35.37
-	-	-	7,350	631.40	931.65	7,350	8,350.00	150	11.60	112.60	150	-	-	-
-	771.80	26.00	75	747.75	756.25	75	8,400.00	75	94.95	95.40	75	-28.55	95.10	34.92
-	-	-	7,350	589.65	846.75	7,350	8,450.00	150	52.10	130.70	150	-	-	-
20.91	672.90	3.30	150	668.60	672.15	75	8,500.00	225	114.15	114.55	150	-30.00	114.35	34.30
-	-	-	7,350	488.80	724.60	7,350	8,550.00	150	115.90	125.00	75	-1,321.70	120.00	-
23.09	612.00	24.95	75	589.35	597.90	300	8,600.00	75	135.80	136.35	75	-29.85	136.70	33.48
-	-	-	4,950	549.05	575.65	4,950	8,650.00	75	140.75	153.00	150	-1,356.10	142.05	-
23.01	536.00	2.95	75	515.50	523.50	75	8,700.00	150	163.15	163.70	75	-35.50	162.65	33.07
-	-	-	4,950	481.75	507.85	4,950	8,750.00	150	155.05	187.45	150	-	-	-
23.45	464.80	10.35	150	450.05	452.95	75	8,800.00	225	192.40	192.80	75	-34.00	192.70	32.64
-	-	-	4,950	413.25	439.55	4,950	8,850.00	75	106.05	242.00	75	-	-	-
23.69	385.65	-4.95	150	385.90	387.50	75	8,900.00	75	226.05	227.05	75	-36.20	226.60	32.26
24.74	406.90	57.30	4,950	348.35	374.40	75	8,950.00	75	234.80	249.30	225	-47.10	230.00	32.66
23.96	326.60	-5.10	150	327.25	328.55	75	9,000.00	75	265.75	266.30	150	-38.50	267.30	31.89
23.87	310.00	-2.25	75	300.15	305.35	75	9,050.00	1,125	281.05	286.95	1,125	-50.80	270.00	32.03
23.89	272.60	-5.00	150	272.60	273.60	150	9,100.00	75	310.60	311.60	75	-47.90	310.00	31.57
24.19	259.00	2.85	1,125	248.55	253.95	1,125	9,150.00	1,125	328.55	334.45	1,125	-1,484.75	310.00	-
23.94	225.00	-9.35	75	225.70	226.50	150	9,200.00	225	361.50	363.25	75	-45.20	361.65	31.79
-	-	-	150	201.20	212.40	600	9,250.00	4,950	375.65	401.35	4,950	-	-	-
24.02	184.30	-4.80	75	183.45	183.95	150	9,300.00	75	418.95	420.65	75	-44.30	418.30	31.51
-	-	-	75	158.75	177.85	4,950	9,350.00	75	432.15	456.05	4,950	-	-	-
23.89	147.35	-5.65	75	147.45	147.90	75	9,400.00	150	482.40	484.95	150	-41.05	484.95	31.62
23.50	141.00	-41.00	300	1.50	-	-	9,450.00	4,950	500.55	524.05	4,950	-	-	-
23.90	117.20	-7.35	75	117.10	117.45	75	9,500.00	75	552.95	556.15	75	-39.65	553.10	32.19
-	-	-	3,000	3.60	180.45	7,350	9,550.00	4,950	571.45	597.70	4,950	-	-	-
23.82	90.60	-6.85	225	91.05	91.40	75	9,600.00	75	624.75	633.85	75	-61.15	618.00	33.02
-	-	-	75	9.00	158.25	7,350	9,650.00	7,350	471.00	731.90	7,350	-	-	-
23.63	70.00	-7.10	75	70.05	70.30	75	9,700.00	375	702.35	711.55	75	-49.30	702.70	33.97
-	-	-	7,500	30.00	140.50	7,350	9,750.00	7,350	517.90	816.90	7,350	-	-	-
23.60	53.35	-7.30	75	53.45	53.90	75	9,800.00	150	786.65	795.50	75	-38.70	786.25	36.02
-	-	-	7,500	23.25	124.40	7,350	9,850.00	7,350	596.50	908.05	7,350	-	-	-

प्रेक्टिकल में समझने के लिए मैंने घीसू भाई को 26 मई, 2020 को निफ्टी की ऑप्शन की 25 जून, 2020 एक्सपायरी खेलकर दिखाई, जो निम्न प्रकार दिखती थी—

इस समय निफ्टी 9,105.30 पर ट्रेड कर रहा था। आप उक्त चित्र में ध्यान से देखे। इसमें 9,100 की इन द मनी कॉल का आस्क प्राइस 273.60 था, अर्थात् यदि आप 1 इन द मनी कॉल 9,100 की खरीदते तो आपको 75×273.60=20,520 का प्रीमियम चुकाना पड़ता। दूसरी तरफ आप 9,400 की 'आउट ऑफ मनी कॉल' का बिड प्राइस देखे, अर्थात् इसको 147.45 के प्रीमियम पर कोई खरीदने का भी इच्छुक है तो आप 2 लॉट ये 9,400 की कॉल बेच देते तो आपको 147.45×2×75=22,117.50 का प्रीमियम मिल जाता, अर्थात् आपने 2 कॉल बेचने में जो 22,117.50 प्रीमियम कमाया, उसी में से आपने 20,520 का प्रीमियम खर्च करके 1 कॉल 9,100 की खरीदकर ली। इस सौदे में आपको 22,117.50–20,520=1,597.50 रुपए की बचत हुई। पर अब आप इस सौदे को एक्सपायरी 25 जून, 2020 तक होल्ड रखते तो आपको निम्न प्रकार से लाभ/हानि होती—

1. यदि मार्केट 9,100 से नीचे कितना भी गिर जाता, आपके पास अपने प्रीमियम का अंतर 1,597.50 रुपए था। वह लाभ के रूप में बचा हुआ रह जाता, अर्थात् एक्सपायरी 9,100, 9,000, 8,950, 8,900, 8,700, 7,500, 5,000 से 0 कहीं पर भी होती, आपको इस स्थिति में प्रीमियम का अंतर 1,597.50 का लाभ रह जाता।
2. यदि निफ्टी 9,150 पर एक्सपायर होता तो आपको 9,100 की कॉल पर 50 रुपए का फायदा होता, अर्थात् आपको 50×75=3,750 मिलते और प्रीमियम का अंतर 1,597.50 भी बचता। कुल मिलाकर 5,347.50 का फायदा होता।
3. यदि निफ्टी 9,200 पर एक्सपायर होता तो 9,100 की कॉल पर 100 रुपए मिलने से 75 के लॉट के 7,500 और प्रीमियम का अंतर 1,597.50 मिलाकर कुल 9,097.50 का लाभ होता।

4. यदि निफ्टी 9,250 पर एक्सपायर होता तो 12,847.50 रुपए मिलते।
5. यदि निफ्टी 9,300 पर एक्सपायर होता तो 9,100 की कॉल पर 15,000 फायदा और 1,597.50 अंतर कुल 16,597.50 का फायदा होता।
6. यदि निफ्टी 9,350 पर एक्सपायर होता तो 18,750+1,597.50=20,347.50 का लाभ होता।
7. यदि निफ्टी 9,400 पर एक्सपायर होता तो 22,500+1,597.50=24,097.50 का लाभ होता।
8. यदि निफ्टी 9,450 पर एक्सपायर होता तो आपको 9,100 की कॉल पर 350 रुपए की दर से कुल 350×75=26,250 रुपए मिलते; परंतु आपने जो 2 कॉल 9,400 की राइट की थी, उन पर प्रति कॉल के 50 रुपए का घाटा होने से 2 लॉट के 75×2×50=7,500 चुकाने पड़ते। अब आपके पास 18,750 बचते व अपने पास 1,597.50 शुरुआती अंतर राशि का फायदा था, इस प्रकार आपको अभी भी 20,347.50 का फायदा होता।
9. यदि निफ्टी 9,500 पर एक्सपायर होता तो—

शुरुआती क्रेडिड	=	1,597.50
9,100 कॉल पर लाभ	=	30,000.00
कुल प्राप्ति	**=**	**31,597.50**

व 9,400 की कॉल पर 15,000 (2 लॉट का) आपको चुकाना पड़ता, अर्थात् 31,597.50−15,000=16,597.50 का कुल लाभ मिलता।

10. अब ज्यादा गुणा-भाग न बताकर सीधा बता रहा हूँ। यदि निफ्टी 9,550 पर एक्सपायर होता तो इसी प्रकार आपको 12,847.50 मिलते।
11. निफ्टी 9,600 पर एक्सपायर होता तो 9,172.50 का लाभ होता।

12. एक बार फिर से विस्तार से गणना बता देता हूँ कि यदि निफ्टी 9,650 पर एक्सपायर होता तो 9,100 की कॉल पर 550 का, अर्थात् 550×75=41,250 मिलते, पर 9,400 की, जो 2 कॉल बेची, उस पर 250×2=500 प्वाइंट के नुकसान से 500×75=37,500 चुकाने पड़ते। फिर भी आपको 3,750 रुपए मिलते और 1,597.50 का शुरुआती क्रेडिट मिलाकर 5,347.50 का लाभ होता।

अब आगे की स्थिति इस सारणी में देखें—

क्र. सं.	एक्सपायरी पर स्तर	लाभ/हानि
1.	9,700	1,597.50 लाभ
2.	+9,750	−2,152.50 हानि
3.	9,800	−5,902.50 हानि
4.	9,850	−9,652.50 हानि
5.	9,900	−13,402.50 हानि
6.	9,950	−17,152.50 हानि
7.	10,000	−20,902.50 हानि

परंतु वास्तव में इतना एक्सपायरी के स्तर तक कोई इंतजार ही नहीं करता और न ही करना चाहिए। क्यों नहीं करना चाहिए? इसका उत्तर आपको इस पुस्तक के आखिरी अध्याय 'उपसंहार' में मिल जाएगा।

आप यदि चाहें तो कॉल रेशो स्प्रेड में इंट्रा-डे में भी प्रोफिट/लॉस बुक करके बाहर निकल सकते हैं, चूँकि एक ही दिन में निफ्टी में 9,105.30 से उछाल आकर एकदम से 9,700 से ऊपर जाने की संभावना न के बराबर थी और 26 मई, 2020 को निफ्टी का बंद प्राइस 9,029.50 था। इसमें यद्यपि आपने 9,100 की 'इन द मनी कॉल' खरीदी हुई थी, अत: यदि आप इंट्रा-डे में ही सौदा काट/पीटकर घर जाना चाहते तो 9,100 की कॉल में

तो आपको नुकसान होता, परंतु उस टाइम के थीटा का फायदा आपको 9,400 की बेची कॉल में भी मिला। जो 2 कॉल आपने 9,400 की बेची थी, उनका प्राइस भी गिर गया तथा आपके लिए मैंने 26 मई, 2020 के मार्केट बंद होने की बाद की स्थिति का भी स्क्रीन शॉट लिया है, जो आप इस चित्र में देख सकते हैं—

CALLS													PUTS	
IV	LTP	CHNG	BID QTY	BID PRICE	ASK PRICE	ASK QTY	STRIKE PRICE	BID QTY	BID PRICE	ASK PRICE	ASK QTY	CHNG	LTP	IV
-	792.00	-36.85	75	802.50	823.20	75	8,300.00	150	76.50	77.80	75	-26.80	77.30	35.37
-	-	-	7,350	575.45	870.30	7,350	8,350.00	150	26.25	115.30	150	-	-	-
-	734.00	-11.80	75	728.10	734.00	75	8,400.00	75	92.05	92.90	75	-30.95	92.70	34.92
-	-	-	7,350	514.15	778.00	7,350	8,450.00	150	8.25	117.55	75	-1,275.20	111.00	-
20.91	652.85	-16.75	75	651.00	654.35	75	8,500.00	75	111.75	113.40	75	-32.35	112.00	34.30
-	-	-	7,350	384.75	667.60	7,350	8,550.00	75	118.95	124.95	75	-1,317.75	123.95	-
23.09	570.00	-17.05	75	566.40	582.05	75	8,600.00	75	133.10	137.55	75	-33.00	133.55	33.48
-	-	-	-	-	607.50	7,350	8,650.00	75	140.30	160.40	375	-1,350.65	147.50	-
23.01	499.95	-33.10	750	497.55	508.45	75	8,700.00	75	159.05	165.10	75	-38.15	160.00	33.07
-	-	-	7,500	0.05	517.20	7,350	8,750.00	150	166.55	192.35	75	-1,356.60	199.00	-
23.45	432.95	-21.50	750	432.05	433.00	150	8,800.00	75	190.50	191.00	75	-34.70	192.00	32.64
-	-	-	-	-	481.25	7,350	8,850.00	75	103.70	247.40	150	-	-	-
23.69	370.00	-20.60	675	363.10	369.90	75	8,900.00	75	225.05	226.00	600	-37.70	225.10	32.26
24.74	328.20	-21.40	-	-	399.10	7,050	8,950.00	150	164.45	255.95	75	-31.10	246.00	32.66
23.96	308.00	-23.70	150	308.00	309.00	150	9,000.00	1,500	264.10	266.70	900	-39.80	266.00	31.89
23.87	281.00	-31.25	75	278.10	281.00	750	9,050.00	75	280.00	291.70	75	-36.60	284.20	32.03
23.89	252.95	-24.65	750	252.95	256.00	150	9,100.00	75	310.10	313.00	75	-46.40	311.50	31.57
24.19	223.10	-33.05	150	158.50	264.95	150	9,150.00	-	-	-	-	-1,530.45	264.30	-
23.94	209.70	-24.65	750	207.05	209.70	600	9,200.00	75	361.45	363.00	75	-43.90	362.95	31.79
-	-	-	150	1.05	-	-	9,250.00	75	332.15	463.45	7,350	-	-	-
24.02	167.95	-21.15	750	166.05	168.00	75	9,300.00	75	422.10	428.95	75	-40.60	422.10	31.51
-	-	-	75	7.35	-	-	9,350.00	75	325.60	539.60	7,350	-	-	-
23.89	135.00	-18.00	75	132.00	136.40	75	9,400.00	75	484.60	498.75	75	-36.05	489.95	31.62
23.50	130.00	-52.00	75	108.80	-	-	9,450.00	300	370.90	609.35	7,350	-1,414.05	569.45	-
23.90	104.90	-19.65	150	103.00	104.70	75	9,500.00	900	555.65	564.20	75	-30.40	562.35	32.19
-	87.00	-1,199.5	3,000	3.60	146.75	150	9,550.00	75	468.90	673.95	75	-	-	-

इसमें मार्केट बंद होते समय 9,100 की कॉल का लास्ट ट्रेडिंग प्राइस 252.95 था, अर्थात् आपने जो 9,100 की कॉल 273.60 में खरीदी थी, वह आप इंट्रा-डे में मार्केट बंद होने से पहले 252.95 में बेच देते तो आपका नुकसान 20.65 के हिसाब से 75 की लॉट प्राइज पर 1,548.75 रुपए होता।

इसी प्रकार, जो 9,400 की 2 कॉल आपने बेची थी (शॉर्ट की थी), वो 147.45 पर बेची थी। वर्तमान में इंट्रा-डे में इनका लास्ट ट्रेडिंग प्राइस 135 पर था, अर्थात् आप वापस 2 कॉल 9400 की 135 पर खरीदकर अपनी इस पोजीशन को 'स्क्वेयर ऑफ' कर सकते थे। इस सौदे में आपको 147.45–

135=12.45 प्रति कॉल के हिसाब से 75 के 2 लॉट पर कुल 1,867.50 का फायदा होता तो कुल-मिलाकर 1,867.50-1,548.75=318.75 रुपए बहुत आसानी से इंट्रा-डे में कमाकर निकलते।

इसी प्रकार आप एक्सपायरी से पहले कभी भी अपनी पोजीशन बेचकर मुनाफा/लॉस बुक कर सकते हैं। सोचिए, यदि मार्केट 9,105.30 से बढ़कर 5-7 दिन में ही 9,200 हो गया होता तो (और हो भी गया था) स्वाभाविक है कि आप की 9,100 की कॉल पर प्रीमियम तो बढ़ता, पर 9,400 की कॉल पर टाइम के ह्रास (थीटा) के कारण प्रीमियम कम हो गया होता और ऐसी स्थिति में प्रोफिट बुक करने पर 5-7 दिन में ही 4,000 से 5,000 प्रोफिट हो जाता।

चूँकि कॉल रेशो स्प्रेड में बढ़ने में कम फायदा है, पर गिरने में फायदा सुरक्षित है, इसलिए यदि मार्केट गिरता रहता है या ज्यादा नहीं बढ़ता है तो आपको प्रतिदिन इस स्ट्रेटजी में प्रोफिट लॉस का आकलन कर जब भी 2,000 से ऊपर प्रोफिट मिले, बुक कर लेना चाहिए।

अप्रत्याशित मार्केट में 500 अंक का उछाल लगे तो उसी समय जो मामूली 1000-1500 का नुकसान हो, उसे बुक कर लेना चाहिए।

सबसे बेस्ट तो इस प्रकार की स्ट्रेटजी इंट्रा-डे में मार्केट खुलते ही अपनाएँ और मार्केट बंद होते समय जो भी थीटा के कारण फायदा हो, समेट लें। इसमें इंट्रा-डे में नुकसान होगा, तो बहुत ही कम होगा पर ज्यादा चांस इसमें लाभ होने के ही होंगे। यदि आपने पैसों का पेड़ पिछले अध्याय में बताए अनुसार लगा रखा है तो आप कवर्ड कॉल न बेचकर इस कॉल रेशो स्प्रेड विधि का प्रयोग कर सकते हैं। आपको मजा आ जाएगा। इसमें मार्जिन के लिए निफ्टी ई.टी.एफ. को गिरवी रख दें। उसके बाद यह कॉल रेशो स्प्रेड बनाकर भूल जाएँ। एक्सपायरी तक निफ्टी कितना भी बढ़ जाए, आपको डायरेक्ट कवर्ड कॉल की तुलना में कम नुकसान होगा, साथ ही निफ्टी बढ़ने पर आपके होल्ड ई.टी.एफ. का मूल्य बढ़ जाने से आपका पेड़ इतने फल दे चुका होगा कि आपको ज्यादा बढ़ने पर कुछ चुकाना भी पड़ेगा, तो भी आपके घर से नहीं जाएगा।

कॉल रेशो स्प्रेड की शेयर जीनियस विधि—

घीसू भाई ने पूछा कि क्या इस विधि में 'आउट ऑफ द मनी कॉल' खरीदकर भी लाभ कमाया जा सकता है?

मैंने उनको बताया कि हाँ, कई बार मार्केट ऐसा मौका देता है। इसके लिए मैं एक और भी संक्षिप्त कॉल रेशो स्प्रेड की शेयर जीनियस विधि बताता हूँ।

इसमें आपको 1 आउट ऑफ द मनी कॉल खरीदनी है और 2 आउट ऑफ द मनी कॉल इंट्राडे में इस प्रकार से शॉर्ट करनी है कि कुल मिलाकर आपकी पोजीशनों पर कुछ-न-कुछ क्रैडिट शेष रहे, जैसे ऊपर के उदाहरणों में जब 26 मई, 2020 को निफ्टी 9105.30 पर था, तब 25 जून, 2020 एक्सपायरी की 9,500 की आउट ऑफ द मनी कॉल 117.45 पर मिल रही थी और 9,700 की कॉल पर प्रीमियम 70.05 था तो यदि हम 9,500 की एक कॉल 117.45 पर खरीदकर 9,700 की 2 कॉल 70.05 पर बेच देता तो इस सौदे में हमें 70.05×2=140.10 प्रीमियम मिलता और 117.45 प्रीमियम लागत कुल मिलाकर 22.65 प्वाइंट का क्रेडिट मिलता, अर्थात् एक्सपायरी तक निफ्टी यदि 9,500 से नीचे ही रहता तो हमें प्रोफिट 1698.75 रुपए मिलता, पर इस सौदे को इंट्रा-डे में ही काट देते तो दिन की समाप्ति पर 9500 की कॉल 104.90 में बिक जाती हैं और 9700 की कॉल 60.95 में मिल जाती, जिससे 70.05-60.95=9.1×2=18.20 का लाभ होता, जिसमें 9,500 की कॉल का नुकसान 117.45-104.90=12.55 कम करने पर 18.20-12.55=5.65 प्वाइंट के लाभ से इंट्रा-डे में ही 423.75 का लाभ हो जाता और इस विधि में निफ्टी के 10,500 तक बढ़ने पर भी फायदा ही मिलता, इसलिए आप इस स्प्रेड को कुछ दिनों तक होल्ड रखकर लगातार स्थिति का आकलन करते हुए अच्छा-खासा प्रोफिट कमा सकते थे।

पुट रेशो स्प्रेड : इसमें 1 'इन द मनी पुट' खरीदी जाकर बदले में ऐसी 2 'आउट ऑफ द मनी पुट' बेचते हैं, जिसमें कुल मिलाकर हमें पुट खरीदने का प्रीमियम चुकाने के बाद भी दो राइट की गई पुटों से मिला प्रीमियम ज्यादा

हो, अर्थात् वो दो पुट राइट करनी हैं, जिनके राइट करने से कम-से-कम इतना प्रीमियम मिल जाए कि उसमें से एक इन द मनी पुट खरीद लेने के बाद भी 20-40 प्वाइंट प्रीमियम पीछे शेष रह जाए। यहाँ 20-40 प्वाइंट कोई निश्चित आँकड़ा नहीं है। आप चाहें तो इसे कम-ज्यादा भी कर सकते हैं, पर कुल मिलाकर कुछ-न-कुछ प्रीमियम लाभ से बचना चाहिए, जैसे आपको प्रेक्टिकल में समझाने के लिए 27 मई, 2020 को दोपहर 1 बजे की निफ्टी की 25 जून, 2020 की एक्सपायरी वाली ऑप्शन चैन दिखाता हूँ। इस समय निफ्टी 9,153.30 पर था और 9,200 की पुट 'इन द मनी पुट' थी।

CALLS									PUTS							
Volume	IV	LTP	Net Chng	Bid Qty	Bid Price	Ask Price	Ask Qty	Strike Price	Bid Qty	Bid Price	Ask Price	Ask Qty	Net Chng	LTP	IV	Volume
38	25.23	626.65	63.65	375	640.35	648.85	375	8600.00	75	108.30	108.55	75	-29.05	108.55	33.03	3,147
-	-	-	-	4,950	587.90	613.30	4,950	8650.00	75	115.45	121.35	75	-32.25	118.50	33.01	363
105	21.96	565.00	74.40	75	563.80	568.85	75	8700.00	225	129.80	130.20	75	-35.45	129.60	32.68	4,444
-	-	-	-	4,950	512.10	537.50	4,950	8750.00	75	137.90	145.45	75	-56.15	142.85	-	9
414	22.60	492.35	68.55	75	491.35	494.30	75	8800.00	225	156.10	156.65	75	-40.75	156.40	32.52	6,940
-	-	-	-	4,950	443.95	469.40	4,950	8850.00	4,950	163.20	178.60	75	-	-	-	-
549	23.34	424.55	62.85	150	421.55	423.85	1,125	8900.00	150	185.95	186.15	525	-46.10	186.00	31.93	2,924
-	-	-	-	4,950	374.30	399.25	4,950	8950.00	75	200.20	204.50	75	-44.60	206.00	32.59	32
9,098	22.64	358.00	57.90	75	357.00	357.70	75	9000.00	300	220.50	221.35	75	-52.60	220.50	31.71	13,108
288	22.71	323.90	50.20	75	325.30	327.40	75	9050.00	75	239.05	240.00	75	-49.65	242.00	30.86	168
4,398	22.74	298.00	50.15	75	297.00	297.85	75	9100.00	75	259.90	260.80	75	-59.70	260.00	31.77	3,145
76	24.01	272.50	45.05	75	269.25	273.75	75	9150.00	1,125	281.10	285.05	75	20.75	285.05	-	12
6,070	22.83	244.95	42.60	150	244.35	245.00	75	9200.00	75	305.90	307.20	150	-64.50	306.75	31.57	1,897
-	-	-	-	75	216.20	227.45	600	9250.00	4,950	321.35	345.05	150	-	-	-	-
4,876	22.71	199.10	37.00	75	198.85	199.40	150	9300.00	150	360.00	361.00	75	-72.50	359.90	31.33	271
-	-	-	-	150	165.70	184.90	4,950	9350.00	4,950	376.25	400.95	75	-	-	-	-
4,599	22.81	159.20	30.60	75	158.05	158.75	150	9400.00	300	419.00	421.60	150	-76.85	420.00	32.90	280
1	-	93.20	-36.80	75	101.00	-	-	9450.00	4,950	443.75	464.45	4,950	-36.35	533.10	30.97	1
14,787	22.98	125.25	24.25	75	125.45	125.85	150	9500.00	75	487.55	488.50	75	-81.90	488.55	33.30	2,946
11	-	104.00	17.00	75	106.30	111.30	75	9550.00	75	511.30	536.20	75	-	-	-	-
4,098	23.01	96.40	17.45	75	96.15	96.50	225	9600.00	450	551.50	558.50	150	-86.05	555.00	34.15	83
-	-	-	-	1,200	28.60	-	-	9650.00	7,350	453.25	685.80	7,350	-	-	-	-
4,422	23.05	72.70	12.85	600	72.60	72.75	75	9700.00	150	624.80	634.70	75	-66.20	648.00	-	6
-	-	-	-	1,200	25.20	88.75	150	9750.00	75	578.45	739.70	75	-	-	-	-
5,097	23.34	53.65	7.45	75	53.45	53.80	225	9800.00	150	706.90	715.15	225	-99.70	716.00	36.68	22
-	-	-	-	1,200	16.20	88.85	150	9850.00	75	711.20	862.75	75	-	-	-	-
2,847	23.60	40.05	4.35	75	39.90	40.10	75	9900.00	150	793.20	801.05	150	-104.85	805.00	31.37	19
-	-	-	-	1,200	14.20	78.35	150	9950.00	525	760.25	923.40	7,425	-	-	-	-
9,782	23.95	29.95	3.05	75	29.85	30.00	4,350	10000.00	150	883.00	888.80	75	-108.30	886.00	39.08	832
-	-	-	-	1,200	9.60	68.40	300	10050.00	7,350	851.20	1,063.65	7,350	-	-	-	-
710	24.00	20.85	0.70	75	20.70	21.20	75	10100.00	225	969.00	980.65	75	-66.25	1,014.95	-	23

पुट खरीदने के लिए 9,200 की पुट का आस्क प्राइस (ask price) 307.20 था। हम यदि 9,200 की 1 पुट खरीद लेंगे तो कुल प्रीमियम 307.20×75=23,040 देना पड़ेगा। अब हम देखेंगे 8,900 की पुट का बिड प्राइस 185.95 है, अर्थात् कोई 185.95 पर 8,900 की पुट के 2 लॉट खरीदने को तैयार है।

हम 8,900 की पुट के 2 लॉट बेच देंगे (राइट कर देंगे, शॉर्ट कर देंगे) तो हमें 185.95×2=371.90 प्रीमियम मिल जाएगा, अर्थात् 371.90 रुपए प्रीमियम मिल गया।

अब हमें प्रीमियम मिला 371.90 और पुट खरीदने में खर्च हुआ 307.20, अर्थात् कुल मिलाकर 64.70 प्वाइंट का शानदार क्रेडिट इस सौदे में मिल गया। इसे शानदार इसलिए कहा है कि आप एक्सपायरी तक कुछ नहीं करते और 25 जून, 2020 की एक्सपायरी 9,200 के ऊपर हो जाए तो आपके 64.70 का क्रेडिट बचा है, उसमें 64.70×75=4852.50 रुपए आपको मिल जाएँगे।

अब 9,200 से नीचे एक्सपायरी होगी तो आपको क्या मिलेगा, यह मैं इस बार सारणी बनाकर समझा देता हूँ—

क्र.सं.	25 जून को एक्सपायरी का संभावित स्तर	9,200 की पुट पर लाभ-हानि	8,900 की 2 पुट शॉर्ट की हैं, उस पर लाभ-हानि	कुल लाभ/हानि
1.	9,200 व ऊपर	–	4,852.50	4,852.50
2.	9,150	3,750	4,852.50	8,602.50
3.	9,100	7,500	4,852.50	12,352.50
4.	9,050	11,250	4,852.50	16,102.50
5.	9,000	15,000	4,852.50	19,852.50
6.	8,950	18,750	4,852.50	23,602.50
7.	8,900	22,500	4,852.50	27,352.50
8.	8,850	26,250	−2,647.50	23,602.50
9.	8,800	30,000	−10,147.50	19,852.50
10.	8,750	33,750	−17,647.50	16,102.50
11.	8,700	37,500	−25,147.50	12,352.50

12.	8,650	41,250	−32,647.50	8,602.50
13.	8,600	45,000	−40,147.50	4,852.50
14.	8,550	48,750	−47,647.50	1,102.50
15.	8,500	52,500	−55,147.50	−2,647.50
16.	8,450	56,250	−62,647.50	−6,397.50

अत: आप इस प्रकार से देख सकते हैं कि यदि एक्सपायरी को निफ्टी 8,550 से नीचे जाता तो ही इस स्ट्रेटजी में नुकसान होता; पर जैसा कि मैंने पहले बताया कि इस स्ट्रेटजी में आप इंट्रा-डे में भी प्रोफिट बुक कर सकते थे और एक्सपायरी तक इंतजार किए बगैर कभी भी अपने प्रोफिट को काट सकते थे।

आखिर आपका नुकसान 8,550 से नीचे गिरने पर प्रारंभ होगा। निफ्टी 9,200 से नीचे अब आप सोच सकते हैं कि इस विधि में आप कितने ज्यादा सुरक्षित है, इसमें निफ्टी के 6 प्रतिशत गिरने पर भी हमें लाभ ही हो रहा है और बढ़ने में कितना भी बढ़ जाए, हम लाभ में ही रहेंगे।

घीसू भाई ने पूछा, "यह विधि इतनी सुरक्षित है तो ज्यादातर लोग इस्तेमाल क्यों नहीं करते?"

मैंने जवाब दिया, "यहाँ फिर वही बात आ जाती है कि ऑप्शन मार्केट की संरचना इस प्रकार से हुई है कि यह ज्यादा कैपिटल वाले ट्रेडर्स के लिए लाभकारी होता है और छोटे निवेशक के लिए हानिकारक रहता है। इस विधि में 2 पुट राइट करने के लिए बहुत ज्यादा मार्जिन राशि लगभग 3-4 लाख रुपए की जरूरत होती है और छोटे निवेशक इसको एक पुट खरीदकर हेज नहीं करते। अब पुट खरीदेंगे तो फिर मार्जिन चाहिए। इस प्रकार इतना मार्जिन छोटे निवेशकों के पास होता नहीं; पर यदि काई मेरी सलाह मानकर पैसों का पेड़ लगाता है, अर्थात् निफ्टी ई.टी.एफ. की यूनिट्स कर लेता है, उसके बाद यदि उसके पास ई.टी.एफ. की 10 लाख

की यूनिट्स हैं तो इन्हें प्लेज्ड करने पर उसे 20 प्रतिशत हेयर कट मान लें, तो भी 8 लाख का मार्जिन मिल जाएगा। फ्यूचर के सौदों में एम.टी.एम. मार्जिन कैश में सेटल होता है, अर्थात् यदि दिन के अंत में आपके फ्यूचर के सौदे में अतिरिक्त मार्जिन की आवश्यकता होगी तो आप उसे गिरवी रखे ई.टी.एफ./शेयरों के कॉलेटरल मार्जिन से नहीं चुका सकते। उसके लिए आपको राशि की जरूरत पड़ती है; परंतु ऑप्शन के सौदों में ऐसी शर्त नहीं है। ऑप्शन में एक्सपायरी तक कॉलेटरल मार्जिन (गिरवी रखे शेयरों/ई.टी.एफ. के बदले में मिले मार्जिन) से भी काम चल जाता है, इसीलिए ज्यादातर ट्रेडर फ्यूचर में पोजीशन लेने की जगह ऑप्शन में पोजीशन लेना ज्यादा बेहतर समझते हैं।

अब 27 मई, 2020 को बनाए गए हमारे पुट रेशो स्प्रेड का उसी दिन 3.30 पर मार्केट बंद होते समय क्या हाल था, यह जानने के लिए 27 मई, 2020 को मार्केट क्लोज के समय की ऑप्शन चैन की प्राइस देखिए—

CALLS									PUTS								
Volume	IV	LTP	Net Chng	Bid Qty	Bid Price	Ask Price	Ask Qty	Strike Price	Bid Qty	Bid Price	Ask Price	Ask Qty	Net Chng	LTP	IV	Volume
71	25.23	786.90	223.90	75	782.00	790.15	75	8600.00	75	81.35	82.50	2,775	-55.60	82.00	33.03	8,118
	-	-	-	75	703.90	769.60	75	8650.00	75	83.10	93.10	150	-60.70	90.05	33.01	382
238	21.96	695.15	204.55	75	698.60	706.45	75	8700.00	75	98.60	99.00	75	-66.65	98.40	32.68	9,323
-	-	-	-	75	573.35	708.90	75	8750.00	75	109.00	117.95	75	-89.95	109.05		77
816	22.60	614.85	191.05	75	614.85	627.70	75	8800.00	75	117.00	117.85	300	-80.10	117.05	32.52	13,084
-	-	-	-	75	543.45	665.50	75	8850.00	75	121.05	134.90	75	-1,486.00	128.00	-	3
1,284	23.34	548.05	186.35	75	541.50	549.80	75	8900.00	75	140.50	141.20	75	-91.10	141.00	31.93	7,396
-	-	-	-	-	-	524.70	75	8950.00	225	107.95	159.40	225	-94.60	156.00	32.59	70
16,179	22.64	471.05	170.95	75	471.00	474.80	75	9000.00	900	167.95	168.00	1,200	-105.10	168.00	31.71	31,613
377	22.71	435.00	161.30	75	419.00	509.50	75	9050.00	375	165.25	188.95	150	-105.05	186.60	30.86	516
8,676	22.74	402.05	154.20	75	402.70	407.00	75	9100.00	75	200.00	200.95	750	-119.65	200.05	31.77	9,565
195	24.01	363.55	136.10	75	234.10	452.55	7,350	9150.00	150	208.65	222.00	75	-49.45	214.85	-	105
13,009	22.83	344.75	142.40	150	338.00	346.00	75	9200.00	450	238.00	238.95	750	-133.25	238.00	31.57	8,360
103	-	315.00	-1,075.60	75	311.00	325.40	150	9250.00	75	253.00	263.80	225	-1,598.05	258.75	-	111
14,626	22.71	286.45	124.35	75	287.00	288.00	1,575	9300.00	75	280.35	281.95	750	-150.40	282.00	31.33	5,315
48	-	264.40	-1,090.65	75	256.05	350.90	75	9350.00	75	300.00	319.60	150	-1,600.75	319.00	-	1
15,492	22.81	235.00	106.40	75	235.00	238.05	300	9400.00	75	323.45	329.95	750	-172.50	324.35	32.90	906
9	-	215.00	85.00	75	210.20	264.00	225	9450.00	75	333.85	452.60	75	-219.45	350.00	30.97	7
33,582	22.98	191.90	90.90	75	190.85	192.00	3,900	9500.00	75	386.00	388.40	750	-182.45	388.00	33.30	11,541
50	-	159.40	72.40	75	100.05	190.75	225	9550.00	75	303.25	452.55	75	-1,623.15	425.00	-	2
10,031	23.01	152.05	73.10	75	152.00	155.45	75	9600.00	75	442.70	447.95	750	-198.35	442.70	34.15	239
-	-	-	-	150	128.30	-	-	9650.00	75	285.85	571.50	75	-	-	-	-

9,200 की पुट का लास्ट टेडिंग प्राइस 238.50 था 8,900 की पुट का लास्ट ट्रेडिंग प्राइस 141 था, अर्थात् आप मात्र 2 घंटे 20 मिनट

के बाद हम पोजीशन को इंट्रा-डे में ही कवर कर लेते तो आपको 9,200 की पुट, जो 307.20 में खरीदी उसे 238.50 में बेचने से आपको 307.20–238.50=68.7×75=5,152.50 का नुकसान होता और जो 2 पुट आपने 8,900 में बेची थी, वो 185.95 पर बेची थी, अब वो 141 पर खरीदकर आप पोजीशन कवर करते हैं तो आपको 185.95-141=44.95×2=89.90×75=6,742.50 का लाभ होता तो आपको मात्र 2 घंटा 30 मिनट में 6,742.50 का फायदा बेची गई पुटों पर और 5,152.50 का नुकसान खरीदी गई पुट पर हुआ, अर्थात् आप इंट्रा-डे में ही यह सौदा खत्म कर देते तो कुल मिलाकर आप 6,742.50–5,152.50=1,590 रुपए मात्र 2 घंटा 30 मिनट में कमाकर निकल जाते।

इस प्रकार, आप अपने निफ्टी ई.टी.एफ. की यूनिट्स को गिरवी रखकर इस प्रकार का स्प्रेड सिर्फ 2 घंटे के लिए बनाते तो आपको 1,590 रुपए का लाभ हो सकता था, यहाँ नुकसान की संभावना बहुत ही कम थी। इस दिन निफ्टी बढ़कर 9314.95 पर बंद हुआ था, जिससे आपके निफ्टी ई.टी.एफ. की वैल्यू भी बढ़ गई तथा आप इस स्प्रेड से 1,590 रुपए भी मार्जिन से कमा गए।

3. **कॉल रेशो बैक स्प्रेड** : इसमें कॉल रेशो स्प्रेड का उलटा करते हैं, अर्थात् इसमें 1 इन द मनी कॉल राइट करेंगे, उससे जो प्रीमियम मिलेगा, उससे 2 आउट ऑफ द मनी कॉल ऐसी खरीद लेंगे, जिसमें कुछ प्रीमियम हमारे पास बच जाए, जैसे 27 मई, 2020 को निफ्टी की दोपहर 1 बजे की ऑप्शन चैन (25 जून, 2020 की एक्सपायरी वाली) एक बार फिर से देखिए—

CALLS									PUTS								
Volume	IV	LTP	Net Chng	Bid Qty	Bid Price	Ask Price	Ask Qty	Strike Price	Bid Qty	Bid Price	Ask Price	Ask Qty	Net Chng	LTP	IV	Volume
38	25.23	626.65	63.65	375	640.35	648.85	375	8600.00	75	108.30	108.55	75	-29.05	108.55	33.03	3,147
-	-	-	-	4,950	587.90	613.30	4,950	8650.00	75	115.45	121.35	75	-32.25	118.50	33.01	363
105	21.96	565.00	74.40	75	563.80	568.85	75	8700.00	225	129.80	130.20	75	-35.45	129.60	32.68	4,444
-	-	-	-	4,950	512.10	537.50	4,950	8750.00	75	137.90	145.45	75	-56.15	142.85	-	9
414	22.60	492.35	68.55	75	491.35	494.30	75	8800.00	225	156.10	156.65	75	-40.75	156.40	32.52	6,940
-	-	-	-	4,950	443.95	469.40	4,950	8850.00	4,950	163.20	178.60	75	-	-	-	-
549	23.34	424.55	62.85	150	421.55	423.85	1,125	8900.00	150	185.95	186.15	525	-46.10	186.00	31.93	2,924
-	-	-	-	4,950	374.30	399.25	4,950	8950.00	75	200.20	204.50	75	-44.60	206.00	32.59	32
9,098	22.64	358.00	57.90	75	357.00	357.70	75	9000.00	300	220.50	221.35	75	-52.60	220.50	31.71	13,108
288	22.71	323.90	50.20	75	325.30	327.40	75	9050.00	75	239.05	240.00	75	-49.65	242.00	30.86	168
4,398	22.74	298.00	50.15	75	297.00	297.85	75	9100.00	75	259.90	260.80	75	-59.70	260.00	31.77	3,145
76	24.01	272.50	45.05	75	269.25	273.75	75	9150.00	1,125	281.10	285.05	75	20.75	285.05	-	12
6,070	22.83	244.95	42.60	150	244.35	245.00	75	9200.00	75	305.90	307.20	150	-64.50	306.75	31.57	1,897
-	-	-	-	75	216.20	227.45	600	9250.00	4,950	321.35	345.05	150	-	-	-	-
4,876	22.71	199.10	37.00	75	198.85	199.40	150	9300.00	150	360.00	361.00	75	-72.50	359.90	31.33	271
-	-	-	-	150	165.70	184.90	4,950	9350.00	4,950	376.25	400.95	75	-	-	-	-
4,599	22.81	159.20	30.60	75	158.05	158.75	150	9400.00	300	419.00	421.60	150	-76.85	420.00	32.90	280
1	-	93.20	-36.80	75	101.00	-	-	9450.00	4,950	443.75	464.45	4,950	-36.35	533.10	30.97	1
14,787	22.98	125.25	24.25	75	125.45	125.85	150	9500.00	75	487.55	488.50	75	-81.90	488.55	33.30	2,946
11	-	104.00	17.00	75	106.30	111.30	75	9550.00	75	511.30	536.20	75	-	-	-	-
4,098	23.01	96.40	17.45	75	96.15	96.50	225	9600.00	450	551.50	558.50	150	-86.05	555.00	34.15	83
-	-	-	-	1,200	28.60	-	-	9650.00	7,350	453.25	685.80	7,350	-	-	-	-
4,422	23.05	72.70	12.85	600	72.60	72.75	75	9700.00	150	624.80	634.70	75	-66.20	648.00	-	6
-	-	-	-	1,200	25.20	88.75	150	9750.00	75	578.45	739.70	75	-	-	-	-
5,097	23.34	53.65	7.45	75	53.45	53.80	225	9800.00	150	706.90	715.15	225	-99.70	716.00	36.68	22
-	-	-	-	1,200	16.20	88.85	150	9850.00	75	711.20	862.75	75	-	-	-	-
2,847	23.60	40.05	4.35	75	39.90	40.10	75	9900.00	150	793.20	801.05	150	-104.85	805.00	31.37	19
-	-	-	-	1,200	14.20	78.35	150	9950.00	525	760.25	923.40	7,425	-	-	-	-
9,782	23.95	29.95	3.05	75	29.85	30.00	4,350	10000.00	150	883.00	888.80	75	-108.30	886.00	39.08	832
-	-	-	-	1,200	9.60	68.40	300	10050.00	7,350	851.20	1,063.65	7,350	-	-	-	-
710	24.00	20.85	0.70	75	20.70	21.20	75	10100.00	225	969.00	980.65	75	-66.25	1,014.95	-	23

इसमें 9,150 की इन द मनी कॉल को राइट करने पर आपको 269.25 रुपए प्रीमियम गिला तशा इसमें से 9,550 व 9,500 की कॉल क्रमशः 111.30 व 125.85 प्रीमियम देकर खरीद लेते तो कुल प्रीमियम 111.30+125.85=237.15 खर्च हो जाता, पर हमारे पास अभी भी 269.25–237.15=32.10 रुपए का प्रीमियम क्रेडिट शेष बच जाता, अर्थात् एक्सपायरी पर निफ्टी 9,150 के नीचे किसी भी स्तर पर एक्सपायरी होता, आपको 32.10×75=2,407.50 रुपए तो मिल ही जाते। यदि आप इंट्रा–डे में ही जो भी नफा–नुकसान हो, उसे समेटकर निकल जाना पसंद करते हैं तो लगभग 2 घंटे बाद 27 जून, 2020 की क्लोजिंग की ऑप्शन चैन की कॉल देखिए—

CALLS									PUTS							
Volume	IV	LTP	Net Chng	Bid Qty	Bid Price	Ask Price	Ask Qty	Strike Price	Bid Qty	Bid Price	Ask Price	Ask Qty	Net Chng	LTP	IV	Volume
71	25.23	786.90	223.90	75	782.00	790.15	75	8600.00	75	81.35	82.50	2,775	-55.60	82.00	33.03	8,118
-	-	-	-	75	703.90	769.60	75	8650.00	75	83.10	93.10	150	-60.70	90.05	33.01	382
238	21.96	695.15	204.55	75	698.60	706.45	75	8700.00	75	98.60	99.00	75	-66.65	98.40	32.68	9,323
-	-	-	-	75	573.35	708.90	75	8750.00	75	109.00	117.95	75	-89.95	109.05	-	27
816	22.60	614.85	191.05	75	614.85	627.70	75	8800.00	75	117.00	117.85	300	-80.10	117.05	32.52	13,084
-	-	-	-	75	543.45	665.50	75	8850.00	75	121.05	134.90	75	-1,486.00	128.00	-	3
1,284	23.34	548.05	186.35	75	541.50	549.80	75	8900.00	75	140.50	141.20	75	-91.10	141.00	31.93	7,396
-	-	-	-	-	-	524.70	75	8950.00	225	107.95	159.40	225	-94.60	156.00	32.59	70
16,179	22.64	471.05	170.95	75	471.00	474.80	75	9000.00	900	167.95	168.00	1,200	-105.10	168.00	31.71	31,613
377	22.71	435.00	161.30	75	419.00	509.50	75	9050.00	375	165.25	188.95	150	-105.05	186.60	30.86	516
8,676	22.74	402.05	154.20	75	402.70	407.00	75	9100.00	75	200.00	200.95	750	-119.65	200.05	31.77	9,565
195	24.01	363.55	136.10	75	234.10	452.55	7,350	9150.00	150	208.65	222.00	75	-49.45	214.85	-	105
13,009	22.83	344.75	142.40	150	338.00	346.00	75	9200.00	450	238.00	238.95	750	-133.25	238.00	31.57	8,360
103	-	315.00	-1,075.60	75	311.00	325.40	150	9250.00	75	253.00	263.80	225	-1,598.05	258.75	-	111
14,626	22.71	286.45	124.35	75	287.00	288.00	1,575	9300.00	75	280.35	281.95	750	-150.40	282.00	31.33	5,315
48	-	264.40	-1,090.65	75	256.05	350.90	75	9350.00	75	300.00	319.60	150	-1,600.75	319.00	-	1
15,492	22.81	235.00	106.40	75	235.00	238.05	300	9400.00	75	323.45	329.95	750	-172.50	324.35	32.90	906
9	-	215.00	85.00	75	210.20	264.00	225	9450.00	75	333.85	452.60	75	-219.45	350.00	30.97	7
33,582	22.98	191.90	90.90	75	190.85	192.00	3,900	9500.00	75	386.00	388.40	750	-182.45	388.00	33.30	11,541
50	-	159.40	72.40	75	100.05	190.75	225	9550.00	75	303.25	452.55	75	-1,623.15	425.00	-	2
10,031	23.01	152.05	73.10	75	152.00	155.45	75	9600.00	75	442.70	447.95	750	-198.35	442.70	34.15	239
-	-	-	-	150	128.30	-	-	9650.00	75	285.85	571.50	75	-	-	-	-

इसमें 9,150 का लास्ट ट्रेडिंग प्राइस 363.55 व 9,500 की कॉल का एल.टी.पी. 191.90 व 9,550 की कॉल का एल.टी.पी. 159.40, अर्थात् यदि आप 2 घंटे में इंट्रा-डे में ही यह सौदा काट देते तो आपको निम्न प्रकार से लाभ-हानि होती—

1. 9,150 की शॉर्ट कॉल पर नुकसान=363.55-269.25=94.3×75=7,072.50 नुकसान
2. 9,500 की कॉल पर फायदा=191.90-125.85=66.05×75=4,953.75 फायदा।
3. 9,550 की कॉल पर फायदा=159.40-111.30=48.10×75=3,607.50
4. नेट प्रॉफिट/लॉस=4,953.75+3,607.50-7,072.50=1,488.75, अर्थात् आप इंट्रा-डे में ही 1,488.75 का फायदा लेकर निकल जाते।

अब 18 जून, 2020 तक आप यदि इंतजार कर लेते तो 18 जून, 2020 की निफ्टी की 12 बजे तक 9150 कॉल का एल.टी.पी. 739.30 था तथा 9,500 की कॉल का एल.टी.पी. 505.75 व 9,550 की कॉल का एल.टी.पी. 418.00 था, अत: आप यदि

सौदा 18 जून, 2020 तक होल्ड करके 18 जून, 2020 को बेचते तो आपकी लाभ-हानि निम्न प्रकार से रहती—

1. 9,150 की राइट की गई कॉल पर 739.30−269.25= 470.05×75= 35,253.75 का नुकसान होता।
2. 9,500 की कॉल पर 505.75−125.85=379.90×75=28,492.50 का लाभ होता।
3. 9,550 की कॉल पर 418.00−111.30=306.70×75=23,002.50 का लाभ होता।
4. इस प्रकार, कुल मिलाकर आपको 28,492.50+23,002.50−35,253.75=16,241.25 का लाभ होता, अर्थात् एक्सपायरी से पहले आपको लाभ में निकलने का मौका होता।

इस प्रकार, इस स्ट्रेटजी में एक्सपायरी के विभिन्न स्तरों पर निम्न प्रकार से लाभ-हानि होती—

क्र. सं.	एक्सपायरी का स्तर	9,150 की शार्ट कॉल पर लाभ/हानि	9,500 की कॉल पर लाभ/हानि	9,550 की कॉल पर लाभ/हानि	योग
1.	9,150 से नीचे किसी भी स्तर पर	2,407.50	0	0	2,407.50
2.	9,150	2,407−50	0	0	2,407−50
3.	9,200	−1,342−50	0	0	−1,342−50
4.	9,250	−5,092−50	0	0	−5,092−50
5.	9,300	−8,842−50	0	0	8,842−50
6.	9,350	−12,592−50	0	0	−12,592−50
7.	9,400	−16,342−50	0	0	−16,342−50

8.	9,450	−20,092−50	0	0	−20,092−50
9.	9,500	−23,842−50	0	0	−23,842−50
10.	9,550	−27,592−50	3,750	0	−23,842−50
11.	9,600	−31,342−50	7,500	3,750	−20,092−50
12.	9,650	−35,092−50	11,250	75,000	−16,342−50
13.	9,700	−38,842−50	15,000	11,200	−12,592−50
14.	9,750	−42,592−50	18,750	15,000	−8,842−50
15.	9,800	−46,342−50	22,500	18,750	−5,092−50
16.	9,850	−50,092−50	26,250	22,500	−1,342−50

अतः आप देख सकते हैं कि यह विधि इंट्रा−डे में तो ठीक−ठाक है और एक्सपायरी तक होल्ड रखने पर इसमें आपका अधिकतम नुकसान सीमित है। कुल मिलाकर नेकड कॉल खरीदने व नेकड कॉल बेचने की तुलना में यह सुरक्षित है और इंट्रा−डे में सौदा काट देते हैं तो भी फायदेमंद या मामूली नुकसान में रहती है।

4. पुट रेशो बेक स्प्रेड : इसमें भी पुट रेशो स्प्रेड का उलटा करते हैं, अर्थात् 1 इन द मनी पुट राइट करते हैं और प्राप्त प्रीमियम से 2 आउट ऑफ मनी पुट खरीद लेते हैं, जैसे 27 मई, 2020 को दोपहर 1 बजे की ऑप्शन चैन देखिए—

CALLS									PUTS								
Volume	IV	LTP	Net Chng	Bid Qty	Bid Price	Ask Price	Ask Qty	Strike Price	Bid Qty	Bid Price	Ask Price	Ask Qty	Net Chng	LTP	IV	Volume
38	25.23	626.65	63.65	375	640.35	648.85	375	8600.00	75	108.30	108.55	75	-29.05	108.55	33.03	3,147
-	-	-	-	4,950	587.90	613.30	4,950	8650.00	75	115.45	121.35	75	-32.25	118.50	33.01	363
105	21.96	565.00	74.40	75	563.80	568.85	75	8700.00	225	129.80	130.20	75	-35.45	129.60	32.68	4,444
-	-	-	-	4,950	512.10	537.50	4,950	8750.00	75	137.90	145.45	75	-56.15	142.85	-	9
414	22.60	492.35	68.55	75	491.35	494.30	75	8800.00	225	156.10	156.65	75	-40.75	156.40	32.52	6,940
-	-	-	-	4,950	443.95	469.40	4,950	8850.00	4,950	163.20	178.60	75	-	-	-	-
549	23.34	424.55	62.85	150	421.55	423.85	1,125	8900.00	150	185.95	186.15	525	-46.10	186.00	31.93	2,924
-	-	-	-	4,950	374.30	399.25	4,950	8950.00	75	200.20	204.50	75	-44.60	206.00	32.59	32
9,098	22.64	358.00	57.90	75	357.00	357.70	75	9000.00	300	220.50	221.35	75	-52.60	220.50	31.71	13,108
288	22.71	323.90	50.20	75	325.30	327.40	75	9050.00	75	239.05	240.00	75	-49.65	242.00	30.86	168
4,398	22.74	298.00	50.15	75	297.00	297.85	75	9100.00	75	259.90	260.80	75	-59.70	260.00	31.77	3,145
76	24.01	272.50	45.05	75	269.25	273.75	75	9150.00	1,125	281.10	285.05	75	20.75	285.05	-	12
6,070	22.83	244.95	42.60	150	244.35	245.00	75	9200.00	75	305.90	307.20	150	-64.50	306.75	31.57	1,897
-	-	-	-	75	216.20	227.45	600	9250.00	4,950	321.35	345.05	150	-	-	-	-
4,876	22.71	199.10	37.00	75	198.85	199.40	150	9300.00	150	360.00	361.00	75	-72.50	359.90	31.33	271
-	-	-	-	150	165.70	184.90	4,950	9350.00	4,950	376.25	400.95	75	-	-	-	-
4,599	22.81	159.20	30.60	75	158.05	158.75	150	9400.00	300	419.00	421.60	150	-76.85	420.00	32.90	280
1	-	93.20	-36.80	75	101.00	-	-	9450.00	4,950	443.75	464.45	4,950	-36.35	533.10	30.97	1
14,787	22.98	125.25	24.25	75	125.45	125.85	150	9500.00	75	487.55	488.50	75	-81.90	488.55	33.30	2,946
11	-	104.00	17.00	75	106.30	111.30	75	9550.00	75	511.30	536.20	75	-	-	-	-
4,098	23.01	96.40	17.45	75	96.15	96.50	225	9600.00	450	551.50	558.50	150	-86.05	555.00	34.15	83
-	-	-	-	1,200	28.60	-	-	9650.00	7,350	453.25	685.80	7,350	-	-	-	-
4,422	23.05	72.70	12.85	600	72.60	72.75	75	9700.00	150	624.80	634.70	75	-66.20	648.00	-	6
-	-	-	-	1,200	25.20	88.75	150	9750.00	75	578.45	739.70	75	-	-	-	-
5,097	23.34	53.65	7.45	75	53.45	53.80	225	9800.00	150	706.90	715.15	225	-99.70	716.00	36.68	22
-	-	-	-	1,200	16.20	88.85	150	9850.00	75	711.20	862.75	75	-	-	-	-
2,847	23.60	40.05	4.35	75	39.90	40.10	75	9900.00	150	793.20	801.05	150	-104.85	805.00	31.37	19
-	-	-	-	1,200	14.20	78.35	150	9950.00	525	760.25	923.40	7,425	-	-	-	-
9,782	23.95	29.95	3.05	75	29.85	30.00	4,350	10000.00	150	883.00	888.80	75	-108.30	886.00	39.08	832
-	-	-	-	1,200	9.60	68.40	300	10050.00	7,350	851.20	1,063.65	7,350	-	-	-	-
710	24.00	20.85	0.70	75	20.70	21.20	75	10100.00	225	969.00	980.65	75	-66.25	1,014.95	-	23

9,200 की पुट बेचने पर बिड प्राइस पर 305.90 रुपए प्रीमियम मिलता, इसके एवज में हम 8,700 व 8,650 की दो पुट खरीद लेते तो हमें आस्क प्राइस पर 130.20+121.35=251.55 रुपए खर्च करने पड़ते। कुल मिलाकर 305.90–251.55=54.35×75=4,076.25 क्रेडिट मिलता, जो एक्सपायरी तक निफ्टी 9,200 से ऊपर ही रहता तो हमें 4,076.25 रुपए का लाभ मिल जाता। वैसे 18 जून, 2020 को निफ्टी 10,000 से ऊपर ही था, इसलिए 18 जून, 2020 तक भी यह लाभ 4,076.25 पर बना हुआ था। अब आपको इंट्रा–डे व एक्सपायरी के अलग–अलग स्तरों की गुणा–भाग नहीं बताऊँगा। अब तक आप काफी सीख चुके हैं। ये गुणा–भाग खुद करके आप लाभ–हानि निकाल सकते हैं।

सारांश : मेरे कहने का तात्पर्य यह है कि यदि हम निफ्टी ई.टी.एफ. में लगातार एस.आई.पी. या पैसों का पेड़ लगाकर निफ्टी ई.टी.एफ. की 7 लाख से ऊपर की यूनिट्स एकत्र कर लेते हैं तो सबसे पहले 5 प्रतिशत ऊपर के मूल्य पर एक 'कवर्ड कॉल राइट' करके हमें 5 प्रतिशत की ग्रोथ

और इसके एवज में मिला प्रीमियम लॉक कर लेना है, फिर इन ई.टी.एफ. यूनिट्स को प्लेज्ड करके प्राप्त मार्जिन से हो सके तो चारों स्प्रेड—कॉल रेशो स्प्रेड, पुट रेशो स्प्रेड, कॉल रेशो बैक स्प्रेड, पुट रेशो बैक स्प्रेड रोज क्रिएट करके इंट्रा-डे में जो भी मुनाफा मिल जाए, रोज घर ले जाते रहें। चारों स्प्रेड बनाने पर मार्केट किसी भी दिशा में घूमे और कुछ-न-कुछ तो लाभ मिल ही जाएगा। यदि आपको चारों स्प्रेड बनाने लायक मार्जिन नहीं मिले तो आप आवश्यकतानुसार एक, दो या तीन स्प्रेड बना सकते हैं। मेरे अनुसार, कवर्ड कॉल और रेशो स्प्रेड ऑप्शन से मुनाफा बनाने की सबसे सुरक्षित विधियाँ हैं, बाकी ट्रेडिंग हमेशा रिस्की तो होता ही है।

□

उपसंहार

आपने मेरी पूरी पुस्तक पढ़ी हो, आपको लग रहा हो कि मैंने आपको ऑप्शन की बहुत सारी स्ट्रेटेजियाँ तो बताईं ही नहीं! कुछ पाठक कहेंगे, आयरन कोंडोर स्ट्रेटजी, सिंथेटिक लॉन्ग और आर्बिट्राज, बेयर कॉल लैडर, बेयर पुट स्प्रेड, बेयर कॉल स्प्रेड, लॉन्ग स्टेडल, शॉर्ट स्टेडल आदि पर तो कुछ बताया ही नहीं!

इसका उत्तर देने से पहले मैं आपसे एक प्रश्न पूछना चाहता हूँ, "क्या आपने कभी ताश का गेम खेला है?" यदि आपका उत्तर 'हाँ' में है तो आप जानते हैं कि ताश के खेल में यदि आपको जो भी पत्ते मिले, वो आप सामनेवाले को दिखाकर फिर कहेंगे कि अब मैं जीत जाऊँगा, तो आपके जितने की संभावना 5 प्रतिशत से 10 प्रतिशत ही होगी। यदि आप अपने ताश के पत्ते विपक्षी खिलाड़ी को दिखाते हुए खेलेंगे तो वह खिलाड़ी अपनी चाल इस प्रकार से चलेगा कि आप हार जाएँ।

यही बात ऑप्शन ट्रेडिंग पर लागू होती है। यहाँ एक्सपायरी का दिन फिक्स होने से आप चाहे कोई भी स्ट्रेटजी अपनाएँ, यहाँ एक ही थ्योरी चलती है, वो है 'पेन थ्योरी' या 'मैक्स पेन थ्योरी', अर्थात् बड़े टेडर आपकी ओपन पोजीशन देख सकते हैं। उनके पास क्षमता है कि वे बड़ी मात्र में शेयर खरीद-बेच सकते हैं, जिससे ऑप्शन का सेटलमेंट इस प्रकार से होता है कि आपको ज्यादा-से-ज्यादा पेन मिले, अर्थात् आपका ज्यादा-से-ज्यादा पैसा उनके खाते में आ जाए।

यदि आप नए-नए हैं तो हो सकता है, कभी-कभी इन विभिन्न स्ट्रेटेजियों से कुछ राशि कमा लेते होंगे, पर लंबे समय में आप जैसे-जैसे पोजीशन बढ़ाएँगे, वैसे-वैसे पेन थ्योरी का असर आप पर दिखने लगेगा और आप इन स्ट्रेटेजियों में पैसा गँवाने लगेंगे तथा फिर से तलाश शुरू कर देंगे किसी और सुरक्षित विधि की इसीलिए ऑप्शन में इतनी सारी रणनीतियाँ बताई जाती हैं कि आप बहुत बड़े गणितज्ञ होंगे, तो भी आपका गणित फेल करने के लिए अकेली 'पेन थ्योरी' ही पर्याप्त होगी।

इसलिए मेरी पुस्तक का उद्देश्य आपको बहुत सारी थ्योरीकल स्ट्रेटेजियाँ बताकर कन्फ्यूज करना नहीं था। आपको मैंने जो ज्ञान दिया है, उसका सारांश यह है कि यदि आपको ऑप्शन से स्थायी व सुरक्षित पैसा बनाना है तो इसके लिए आपको निम्न आठ काम करने बेहद जरूरी हैं—

1. निफ्टी/बैंक निफ्टी ई.टी.एफ. में पैसे का पेड़ लगाना होगा, जो पिछले अध्यायों में बताया है।
2. इस पेड़ की जड़ों में खाद-बीज के रूप में कम-से-कम 5,000 रुपए प्रति सप्ताह की 'सिप' जारी रखनी होगी।
3. इस पेड़ के कर-मुक्त फल लेते रहकर नियमित रूप से इसकी कटाई-छँटाई करनी होगी।
4. अब निफ्टी/निफ्टीबीज में 5 प्रतिशत ऊपर की कवर्ड कॉल राइट करके छाया में बैठाने का सुरक्षित साप्ताहिक प्रीमियम लेते हुए चलना है। पेड़ बड़ा होता जाए, वैसे-वैसे कवर्ड कॉल की संख्या बढ़ाते जाएँ। आपकी नियमित आय बढ़ती जाएगी।
5. मार्केट 5 प्रतिशत बढ़ा तो आपको इतने फल मिल जाएँगे कि आप लाभ में ही रहेंगे।
6. मार्केट गिरा तो भी आप कवर्ड कॉल के प्रीमियम से बैंक ब्याज से ज्यादा कमा लेंगे। कुल मिलाकर ऐसी आय होगी कि आप अचंभित रह सकते हैं। कई बार तो मार्केट बढ़कर गिर जाएगा तो आपको कर-मुक्त फल व छाया में बैठने का प्रीमियम किराया दोनों मिल जाएँगे।

7. इसके अलावा, आपको कॉलपुट रेशो स्प्रेड की जो विधियाँ मैंने पिछले अध्यायों में वर्णित की हैं, सिर्फ उनमें काम करना है; क्योंकि इनमें भी बहुत बड़े उतार-चढ़ाव होते हैं, आपको दर्द मिलेगा नहीं तो आप लगभग सेफ ही कमा सकेंगे।
8. फिर आप यदि निफ्टी/बैंक निफ्टी में 4 स्ट्रोक मेथड का प्रयोग करना चाहें तो वो सिर्फ इंट्रा-डे में या 5 मिनट के लिए ही करना है। ऑप्शन की 4 स्ट्रोक मेथड से ली गई पोजीशन को ओवर नाइट होल्ड नहीं करना है, क्योंकि मेरे पड़ोस में एक भव्यू नाकाम बच्चा है, वो अभी गिनती सीख रहा है। उससे गिनती पूछो तो वो एक, दो, तीन, चार के बाद सीधे सात, आठ, नौ, फिर बारह, पंद्रह, चार, तीन बोलता है। आप उसे कहेंगे कि 'यह गिनती गलत है' तो वो कहेगा कि 'नहीं, मेरी गिनती सही है।'

मेरी राय में भी उसकी गिनती ही सही है। हमें गिनती नहीं आती है, क्योंकि निफ्टी रात को 9,720 पर बंद होता है तो अगले दिन सीधे 10,140 पर गेपअप ओपनिंग से खुल सकता है। गिनती के अनुसार या तो 9,720 से वापस ट्रेड चालू होता या 9,721 से प्रारंभ होना था।

इसी प्रकार, 'गेपअप ओपनिंग' (4 से सीधे 7) के अलावा निफ्टी में 'गेपडाउन ओपनिंग' (पंद्रह से चार पर) भी हो सकती है, यानी वह 10,630 से 9,940 पर भी खुल सकता है। इसलिए 4 स्ट्रोक मेथड से ली गई पोजीशन आपने स्टॉप लॉस, यह 5 मिनट में या ज्यादा-से-ज्यादा इंट्रा-डे में नहीं काटी तो गैपअप/गैपडाउन ओपनिंग से रातोरात आपका पूरा प्रीमियम साफ हो सकता है।

उक्त 8 विधियाँ ही मेरे द्वारा सबसे सुरक्षित पाई गई हैं। फिर भी आप और ज्यादा विस्तार से पढ़ना चाहें तो गूगल पर 'जिरोधा वर्सिटी वेबसाइट' सर्च करें। इस पर जिरोधा ने ऑप्शन पर बहुत ही सरल भाषा में हिंदी व अंग्रेजी में नोट्स उपलब्ध करवाए हैं, जो मुफ्त में आप पढ़ सकते हैं। वे इतनी अच्छी प्रकार से समझाकर बनाए हैं कि ऑप्शन की आपको अन्य कोई पुस्तक पढ़ने की जरूरत ही नहीं होगी।

जिरोधा वर्सिटी एप भी है, पर एप पर अभी हिंदी में ऑप्शन के नोट्स नहीं हैं, पर जिरोधा के अनुसार कुछ ही दिनों में एप पर हिंदी नोट्स भी आने वाले हैं। अंत में मैं आपसे पुस्तक में कोई त्रुटि/कमी रह गई हो तो उसके लिए क्षमा प्रार्थी हूँ। कोई भी ज्ञान संपूर्ण नहीं होता। अब आपका दायित्व है कि आप अपनी बुद्धि/विवेक लगाएँ और इन विधियों को अपनी कसौटियों पर आजमाएँ। अब मेरी तीन साल की मेहनत से लिखी गई इस पुस्तक का मूल्यांकन करने और मेरी गुरु-दक्षिणा देने का समय आ गया है। मैं गुरु-दक्षिणा के रूप में अपनी पुस्तक पर आपके रिव्यू (अब मैं पोजीटिव रिव्यू दें, ऐसी गलत माँग नहीं करूँगा। अब आपको ईमानदारी से मूल्यांकन करना है और मैं आपके पोजीटिव या नेगेटिव, दोनों प्रकार के रिव्यू का स्वागत करूँगा) चाहता हूँ।

भगवान्, अर्थात् वह सुपर पावर, जिसे आप गॉड, अल्लाह, वाहे गुरु, जिस किसी भी नाम से जानते हैं, उनसे मेरी प्रार्थना है कि वे हम सभी का भला करें और हम सभी को सद्‍बुद्धि दें, इसी मंगलकामना के साथ!

□□□